PETROS KYRIMIS

Das Herz der Amsel

Novelle

ROMIOSINI

PETROS KYRIMIS

Das Herz der Amsel

Novelle

Aus dem Griechischen übersetzt von
Sophia Georgallidis

ROMIOSINI

Aus dem Griechischen übersetzt von Sophia Georgallidis

Mit Unterstützung des
Griechischen Ministeriums für Kultur

Vertrieb:
CHRONIKA Buch- und Medienhandel
Bergmannstr. 26, 10961 Berlin
Tel.: 030 - 6934269, Fax: 030 - 6933835

Lektorat: Bettina Rüsch
Satz & Layout: Sophia Georgallidis
Umschlag nach einer Zeichnung von Maria Moloktou

Gesamtherstellung:
Schnelldruck-Service Mortazavi, Köln

ISBN 3-929889-39-0

Für Erika

P. K.

Rechenschaft

Ich zähle dir meine Wunden auf
sieben hintereinander
sieben Abschiede, sieben Wunden
sieben Tode
ich zeige dir meine Handteller weitoffen
damit du die Zeichen
der Einsamkeit darauf
lesen kannst
ich zeige dir alles, was übrig blieb von meiner Seele
ein kleiner Vogel völlig erschreckt
ich hole heraus ans verschwenderische Licht
die Toten, die ich jahrelang
in mir trage
während du
das Wasser aus dem Meer, das Wasser vom Regen
nimmst
um damit ihre Wunden
zu waschen und zu reinigen
und ihnen endlich Gerechtigkeit widerfahren läßt
werde ich dir meine Tode erzählen
sieben Abschiede, sieben Wunden
sieben Tode
etwas kaum Wahrnehmbares auf jedem
ihrer toten Gesichter
von dem du denkst
es sei ein kindliches Lächeln
oder eine Träne, die es nicht schaffte
zu fließen ...

ICH MUSS ETWAS TUN, dachte er und schaute wieder aus dem Fenster hinaus. Wenn doch diese Wolken nicht wären, wenn doch wenigstens die Sonne schiene!

Bei Sonnenschein wurde er ein ganz anderer Mensch. Als hätte man ihm eine Spritze gegeben, die ihn wieder lebendig machte. Weg waren die Schwindelgefühle und die dunklen Gedanken. Er schmiedete wieder Zukunftspläne. Im wachen Zustand träumte er wieder von jenem weißen Haus am Meer. Er sah sich selbst auf dem Sand laufen und seine Kinder im Wasser um ihn herum plantschen; sah sich morgens und abends von der Sonnenterrasse und den Fenstern aus aufs blaue Meer blicken; sah seine Frau, die ihn wieder wie früher anschaute. Bei Sonnenschein wurde er ein ganz anderer Mensch. Seine Frau kam von der Arbeit und fand ihn gut gelaunt vor.

„Wir fahren dorthin", sagte er dann und umarmte sie, „eines Tages fahren wir dorthin und du brauchst nicht mehr so hart zu arbeiten ... dort wirst du glücklich sein ... du wirst sehen".

Sie nickte nur wie immer .

„Ich muß die Küche aufräumen", sagte sie.

Er fiel dann wieder in seine Leere und ohne hinauszusehen wußte er, daß die grauen Wolken da waren; daß auch er hier war und nicht anderswo.

Bald kamen auch die Kinder von der Schule.

„Hallo Papa, hallo Papa", riefen sie von der Tür aus.

„Nicht so laut, meine Kinder, nicht so laut ... Papa hat Kopfschmerz", sagte er.

In einem Land, in dem man meint, alle seien reich, fühle ich mich ärmer als der Lazarus aus dem Evangelium, dachte er wieder.

Er dachte „Lazarus" und ihm kam sein Sohn in den Sinn, den er auf diesen Namen taufen ließ, weil auch sein Vater so hieß; vielleicht würde er dann aufhören, wütend zu sein, und sei es auch von seinem Grab aus. Wahrscheinlich aber war der Vater weiterhin wütend, weil er nicht einmal das geschafft hatte, da sein Sohn weinend erzählte, die anderen Kinder würden über seinen Namen lachen und seitdem nannte man ihn Lasos.

Den anderen Sohn, den jüngeren, hatte er nach Alexander dem Großen benannt, damit der Ausgleich zum armen Lazarus wiederhergestellt werde, doch auch ihm wurde der Name zu Alex gekürzt.

Alles in meinem Leben nur halb, dachte er, halb und verkehrt.

Er sagte es wieder laut vor sich hin, als er hinausblickte, und als hätte ihn das Wort „verkehrt" inspiriert, begann er rückwärts über sein Leben zu reflektieren, um auf diese Weise zum Anfang zu gelangen, vielleicht würde er dann begreifen.

Deutschland im Jahr Neunzehnhundertsiebzig. Gerade erst hatte man in guten Cafés und Bars damit angefangen, die Schilder „Kein Zutritt für Fremde" wegzuräumen. Blicke des Verständnisses auf den Straßen und nachgiebiges Lächeln, wenn man seinen Kaffee gestikulierend bestellte. Die Schaufenster der Läden voll, und der Hundertmarkschein mit einer zart-blauen Farbe, genauso wie der Himmel der Heimat, wenn er ihn rücklings liegend betrachtete und sich wie ein Nichts im Weltall fühlte. Damals war es noch schön. So ähnlich, wie wenn du etwas Süßes ißt, das du sehr gerne magst, aber man hat dir Gift hinein getan. Zwei, drei Monate hier und die restlichen in der Heimat. Er ging und kam, Sieger und Triumphator und nichts ahnend.

Ariadnes Faden begann auf Rhodos. Der Eingang zum Labyrinth war an der Bahnstation Larissis, führte über Tempi – vor Saloniki –, über die Grenze nach Saloniki, zu einer anderen Grenze und wieder zu einer neuen, und endete in einer riesengroßen unterirdischen Stadt. Dort erwartete ihn Minotaurus. Seine Liebe verloren, irgendwo in Piräus. Sie erwartete ihn nicht. Oftmals wollen wir ein Loch zuschütten, öffnen aber ein anderes, ein größeres, fallen hinein, und die Dunkelheit verschluckt uns in aller Ewigkeit.

Deutschland im Jahr Neunzehnhundertsiebzig. Deutschland der Einsamkeit und der Verzweiflung, der vorläufigen und der vergeblichen Hoffnung; des hochgezogenen Kragens in der Eiseskälte, der vermischten Sprache und der leeren, kalten Augen, des Konsums und des Elends; des lieben Landsmanns Gendarmen, der in die Botschaft versetzt wurde, des lieben Landsmanns Kartenspielers, des lieben Landsmanns Zuhälters aus irgend einem Winkel der Heimat. Gleiche Sitten, gleiche Sprache.

Wer nur spricht meine Sprache?

Immer wieder kehr zurück, und nimm mich auf,
geliebte Erinnerung, und wir werden in dir sehen –

Bis jetzt haben seine Sommer nach Meer, Bergen und Thymian gerochen. Hydra und Mykonos, abends Liebschaften und Jasmin. Der erste Schock kam bereits, als er den ersten Sommer hier verbrachte. Ein Bekannter nahm ihn zum Schwimmen in ein Freibad mit. Kaum hatte er gedacht, die Menschen seien verrückt, jeden Sommer ihr Land zu verlassen und Sonne und Meer anderswo zu suchen, denn sie hatten ja hier alles, Sonne zum Sonnen und überall Freibäder zum Schwimmen, Liegewiesen drumherum und Bäume, die für Schatten und Abkühlung sorgen. Das waren seine Gedanken, als plötzlich die Sonne in irgendein Loch fiel und verschwand. Er schaute sich erschrocken um, um festzustellen, was die anderen machen, und sah, daß er allein da stand, während über seinem Kopf so etwas wie der Weltuntergang begonnen hatte. Angst überfiel ihn. Er schaute verzweifelt hoch und konnte erkennen, wie eine schwache Sonne gegen die Schwärze um sich herum kämpfte. Eine Sonne verwundet und von allen Seiten belagert. Wie Achilles inmitten der Trojaner. Bald fällt sie tot um, dachte er.

An jenem Tag machte er sich auf den Nachhauseweg mit dem Eindruck, die Sonne sei nunmehr tot und er würde sie nie mehr wiedersehen. Heute, nachdem so viele Jahre vergangen sind, weiß er genau, daß er sich damals nicht geirrt hatte: die Sonne war tot und an ihrer Stelle, in seinem Herzen, in seinem Kopf und in seiner Seele war nur der graue Hintergrund übriggeblieben.

Deutschland im Jahr Neunzehnhundertsiebzig. Da war jenes Fahrrad, das er auf einem Fest gewonnen hatte. Achtzehn Gänge auf dem Lenker. Er hatte niemals ein eigenes besessen, nicht einmal einen Roller. Er erinnert sich daran, daß er es in sein Zimmer gestellt hatte und die ganze Nacht nicht schlafen konnte. Er wartete wie verrückt darauf, daß es wieder Tag wurde. Am nächsten Morgen begriff er, daß er damit nicht umgehen konnte. Er schaltete in die falschen Gänge und statt schneller zu fahren, hatte er Schwierigkeiten, vorwärts zu kommen. Deutschland der achtzehn Gänge. Das Leben wie ein Film im Schnell-Durchlauf. Ohne Pause, ohne den jungen Kinoverkäufer, der mit seiner schrillen Stimme in der Dunkelheit seine Ware anpries „Limo, Orangensaft, Chips", ohne daß je die Lichter angehen, einzig gedämpftes Sonnenlicht vor grauem Hintergrund. Alles sauber und aus Plastik, und seine Stimme erreicht nur ihn selbst: Hilfeeee!

Niemand ist schuld daran. Wenn er jetzt darüber nachdenkt, ist niemand daran schuld, daß er hier ist. Eins ist aber auch sicher, nämlich daß auch er keine Schuld hat. Er betrachtet sein Leben rückwärts und erinnert sich ...
Erste Station und Ausgangspunkt: Piraiki, Passalimani, Fokionos Negri, Kolonaki, Theodorakis, Chatzidakis, Savvopulos, Loisos, Boîte in Plaka, „Apanemia", „Esperides". Eliot, Pound, Proust und Rimbaud. Kalvos, Solomos, Papadiamantis, Kavafis, Karyotakis, Elytis, Ritsos und Seferis. Kellerkneipen der Rembetiko-Szene. Vamvakaris, Papaioannou, Tsitsanis. Anna, Maria, Eleni, Rula. Jorgos, Kostas, Nikos, Jannis, der andere Jannis und der andere Jorgos. Helle Straßen, die nicht in die Dunkelheit führen. Wieso haben sie es dann bei mir getan?

Mein ganzes Leben hinter mir
ein treuer Hund, der mich verfolgt
mit bitteren Tränen tränk ich' s hier
wie eine Blume, die nicht verwelken soll.

Piräus, Piraiki im Jahre Neunzehnhundertachtundsechzig. Sommer und Unbeschwertheit. Den ganzen Tag sonnt man sich auf dem Felsen, jeder auf seinem Platz, auf dem ausgebreiteten Badetuch.

Sie zwei Meter weiter. Angeblich zufällig gingen sie zur gleichen Zeit zum Baden hinunter. Angeblich zufällig schaute er ihr nach und erfreute sich an ihr. Einteiliger Badeanzug, reifer, dunkelhäutiger Körper. Sie hatte ihm nie heimliche oder offene Blicke zugeworfen. Doch er wußte es, vielmehr fühlte es, daß sich etwas zwischen ihnen anbahnte. Stundenlang lasen sie, jeder in seinem Buch. Er verpasste keine einzige ihrer Bewegungen. Nach vielen Tagen bewegten sie sich völlig synchron. Sie zündeten sich gleichzeitig eine Zigarette an, sie legten zur gleichen Zeit das Buch beiseite. Ihr Platz war etwas unterhalb und weil sie wußte, daß er sie ansah, stand sie als erste auf und sprang ins Meer. Sobald sie drin war und ein wenig schwamm, stand auch er auf und ging zum Felsenrand. Er wartete den Augenblick ab, in dem er meinte, sie würde ihren Kopf Richtung Felsen drehen, und dann sprang auch er ins Wasser. Breits in seiner Kindheit hatte er gelernt, seinen Körper „anzuwinkeln", während er kopfüber ins Meer sprang.

Sie gingen als letzte fort und nahmen den Anstieg, der ihr Nachhauseweg war. Er wohnte zwei Gassen weiter oben, sie bog gleich in eine kleine Straße ein. Er lebte nur für den nächsten Tag.

Er hatte sie bis dahin nie abends gesehen, deshalb war er etwas verwirrt, als sie einmal im Bus auf dem Nachhauseweg zusammen den Knopf zum Anhalten drückten. Sie stiegen völlig verlegen aus und gingen weiter, sie vorne und er einige Schritte hinterher. Es war eine laue Septembernacht. Erschrocken dachte er, daß der Sommer bald vorbei sei. Es ist meine größte Chance, dachte er, entweder jetzt oder nie.

Sie gingen fast nebeneinander her, doch er wurde wieder mutlos. Bald würden sie den Anstieg zu ihren Wohnungen nehmen. Ich muß ihr etwas sagen, sprach er zu sich, etwas, aber was?

Plötzlich hielt sie an und ging zum Wegrand auf der Seite zum Meer hin, genau zu der Stelle, von wo aus sie jeden Tag zum Baden hinunterstiegen. Sie beugte sich über einige Büsche. Er wollte an ihr vorbeigehen, doch auch er hielt an, weil er schwaches Katzengeschrei vernahm. Er näherte sich der Stelle, und sein Herz pochte wie verrückt in seiner Brust.

„Ein Kätzchen“, sagte sie und ihre Stimme war tief, Mezzoalt. „Es hat bestimmt Hunger“.

Er stand da und schaute sie an, benommen durch den Jasminduft, der von ihrem Körper aufstieg. Er sah sie, wie sie sich hinunterbeugte und das Kätzchen streichelte.

„Ja“, schaffte er, herauszubringen, „es wird hungrig sein“.

Sie richtete sich wieder auf.

„Gute Nacht“, sagte sie.

„Gute Nacht“, sagte auch er und fühlte sich, als wäre er in der Wüste oder im Ozean allein gelassen worden.

Er ging nach Hause und öffnete den Kühlschrank. Es gab keine Milch. In einem zugedeckten Teller auf dem Tisch waren einige gebratene Fische. Er nahm etwas von ihrem Filet, gab es auf eine kleine Untertasse und ging wieder den Weg hinunter zu den Felsen, zu den Büschen, dort, wo das Kätzchen halbtot vor Hunger und verzweifelt miaute.

Als er sich der Stelle näherte, sah er auch sie herunterlaufen. Sie kamen gleichzeitig beim Kätzchen an. Sie lachte, als sie den Fisch sah:

„Kleine Kätzchen fressen keinen Fisch“.

Er schämte sich, ihr zu sagen, daß sie keine Milch hatten. Verlegen stellte er den Teller vor das Kätzchen und dieses schnupperte daran und begann noch lauter zu miauen.

„Ich hab 's dir doch gesagt“, sagte sie und lächelte.

Sie stellte das Schälchen mit der Milch vor das Kätzchen, das gierig zu schlabbern begann.

„Gute Nacht“, sagte sie ihm. „Bis morgen“.

Es war, als würde sie sich mit ihm verabreden.

„Bis morgen", sagte auch er und folgte ihr mit seinen Blicken, während sie wieder leichten Fußes den Anstieg nahm. „Bis morgen", sagte er leise zum Kätzchen, das die Augen aufrichtete und ihn ansah.

Er machte sich wieder auf den Nachhauseweg und dieses „Bis morgen" hatte ihn mit Erwartung erfüllt, die ihn nun, während er den Anstieg nahm, dazu brachte, leise zu singen.

Er betrachtete das Haus, in dem sie wohnten. Es war nicht lange her, daß sie hier eingezogen waren. Vorher waren sie in einer Zweizimmerwohnung in Neo Faliro. Seit dem Tod seines Vaters lebten sie von Illusionen und von der Barmherzigkeit seiner älteren Schwester, die mit einem Schiffsingenieur verheiratet war, der ihr jeden Monat Geld überwies. Sie wohnte in diesem Haus und hatte auch seine Familie hergeholt, damit ihre Mutter ihr ein wenig Gesellschaft leistete. Es handelte sich um einen ebenerdigen, unfreundlichen Bau, in dem sich aber vier Zimmer befanden und ein Waschraum oben auf der Terrasse. Dieser Terrassenraum wurde fast fünf Jahre lang sein Zufluchtsort. Er hatte dort ein Feldbett zum Schlafen hineingestellt, sowie einen kleinen Tisch, einen Stuhl – und überall durcheinander Bücher, vom *Spinnenmensch* bis hin zu *Faulkner, Shakespeare* und *Lucky Luke*. Damals ging er auf eine Fachschule, um Regisseur zu werden. Im Grunde genommen wollte er gar nichts werden. Ihm gefiel nur, stundenlang dazusitzen und von zusammenhangslosen Dingen zu träumen, die weder Anfang noch Ende hatten. Das muß er schon als Kind getan haben, denn er erinnert sich oft an seine Tante im Dorf, die ihn, immer wenn er in den Sommerferien dorthin fuhr, fragte: „Was hast du, mein großer Herr? Worüber grübelst du nach, warum sagst du mir nichts?“ Und wenn er antwortete: „Nichts, Tante. Ich habe nichts“, da kamen ihr die Tränen. „Mensch, das ist nicht gut, das ist nicht gut, dich quält doch etwas ...“, sagte sie dann.

Zwei Jahre zuvor kam sein Vater seinem eigenen Traum sehr nahe. Nämlich, seinen Sohn bei der Polizei zu sehen. Er hatte ihm alle nötigen Unterlagen besorgt. „Du wirst einer der ersten sein, die angenommen werden“, sagte er zu ihm und war stolz.

Für ihn war es ein Alptraum. Zwei Tage vor den Aufnahmeprüfungen bei der Polizei, nachdem er alles zusammen mit seinem Schwager, dem Maschinisten, abgesprochen hatte, fuhr er mit dem Schiff von Perama aus weg.

Später erfuhr er, daß am selben Tag, an dem er wegfuhr, sein Vater ihn beklagte wie einen Toten. "Ich hatte drei Söhne und einer von ihnen starb heute“, sagte er immer wieder.

Sie brauchten einen Monat, bis sie an einem Hafen in Amerika ankamen. Es war am Tag des Heiligen Konstantin des Großen und seiner Mutter Eleni; er saß am Bug und schaute mit großen Augen voller

Ehrfurcht auf das Land von Disney und Superman; er sah Hafenleute aufs Schiff kommen und gehen, als wäre es ihr Eigentum. Er war in seiner Kajüte, fast fertig um an Land zu gehen, als sein Schwager reinkam und ihm sagte, er dürfe nicht vom Schiff, weil er sehr jung war, und man befürchtete, er würde nicht zurückkommen.

„Wir werden sehen, was in den nächsten Tagen passiert", sagte er ihm. „Weil heute alle vom Schiff gehen, bleibst du da unten, um den Kessel mitsamt seinem Feuer unter Kontrolle zu halten, denn der versorgt die Kühlanlagen mit Strom. Am Abend sehen wir uns wieder".

Also am Tag Konstantins des Großen und seiner Mutter Eleni blieb er tief im Inneren des Schiffes mutterseelenallein, um ab und zu die Ölpumpe zu betätigen, damit das Feuer im riesigen Kessel nicht ausging.

Am Tag Konstantins des Großen und seiner Mutter Eleni starb auch sein Vater, genau zur gleichen Zeit, doch er wußte es nicht. Nur viel später, nach zwei Monaten, als er zurückgekehrt war und die Ereignisse der Reihe nach ordnete, ist er zum Ergebnis gekommen, daß er sein Leben dem Tod seines Vaters verdankt. Und bis heute weiß er nicht, ob er ihn aus Rachsucht holen oder ihn im letzten Augenblick retten wollte, denn unerfahren wie er noch bei der Arbeit war, und in Sorge, das Feuer im Kessel nicht ausgehen zu lassen, sah er ihn, die Treppe langsam herabsteigen, und das Blut in seinen Adern gefror. „Vater?“ wandte er sich an ihn sehr verwundert, doch er schien ihn nicht zu hören, denn er kam weiter die Treppe herunter; erst am Treppenabsatz, fünf oder sechs Stufen vorher, hielt er an. Er trug sein graues Jackett, an dessen linkem Revers er immer ein kleines Blümchen zu befestigten pflegte. An der kleinen Tasche seiner Weste glänzte durch die Feuerstrahlen die Silberkette seiner Uhr, seine Haare waren gepflegt gekämmt mit Scheitel.

Er stand da. Sein Vater stand da und blickte ihn an, aber so, als würde er durch ihn hindurchschauen, auf eine andere Welt.

„Vater“, sagte er diesmal lauter, „wie kommst du hierher?“

Er drehte sich um und ohne zu antworten, begann er wieder die Treppe hochzusteigen. Er stürmte los, um ihn einzuholen und nahm die Stufen gleich paarweise, kam so ans Deck; dort war nichts, er hörte nur den Feuerkessel im Schiffsbauch mit einem solch schrecklichen Krach explodieren und spürte den Boden unter seinen Füßen an- und abschwellen wie ein Luftballon. Dann herrschte große Stille, bevor am Kai die Alarmsirenen losheulten.

Er nahm das Linienschiff und kehrte heim. Er hatte dem Vater ein paar Lederpantoffeln und einen gestreiften Schlafanzug gekauft, um ihn zu besänftigen. Er kam fünf Tage vor der Seelenmesse zu Hause an.

Er hatte es nicht geschafft, ihn wenigstens tot zu sehen, auf seinem Gesicht die Zeichen jenes Tages auf dem Schiff zu erkennen, in einem fernen Land, am Tag Konstantins des Großen und seiner Mutter Eleni.

Kaum war er am nächsten Tag wach, sprang er sofort unruhig aus dem Bett. Er steckte den Kopf aus dem Fenster und schaute zum Himmel hoch. Er war bewölkt. Es wird sicher regnen, dachte er traurig, sie wird bestimmt nicht zum Baden kommen.
Er ging runter, zur Haustür, öffnete sie und beinahe hätte er auf das kleine Kätzchen getreten. Es hob den kleinen Kopf und sah ihn an. Es war, als würden seine schwarzen Samtaugen zu ihm sprechen. Er beugte sich hinunter, nahm es in die Hände und streichelte es zart am Kopf. Wie kam es, daß es diesen steilen Anstieg geschafft hatte? Und wie hat es das Haus gefunden? fragte er sich. Er streichelte es wieder zärtlich und nahm es mit hinein. Mit dem Kätzchen im Arm ging er die Holztreppe hoch und setzte es auf dem Zementboden ab. Dann ging er wieder hinunter und kam mit zwei kleinen Glasschälchen zurück. In einem war Wasser, in das andere würde er etwas Milch gießen, sobald EVGA – der Milchladen aufmachen würde. Er nahm einen alten Wollpullover und breitete ihn in der Ecke aus.

„Du wirst hier schlafen“, sagte er zum Kätzchen. Dieses miaute leise und begann mit seiner kleinen rosa Zunge seine Pfoten eine nach der anderen abzulecken. Während es sein Reinigungsritual an den hinteren Pfoten fortsetzte, stellte er fest, daß es männlichen Geschlechts war. Um so besser, dachte er, es wird nicht jeden Abend die Kater der Nachbarschaft hierherlocken. Doch nach einiger Zeit stellte er fest, daß er sich geirrt hatte. Denn es scharte zwar nicht die Kater um sich, aber die Katzen kamen und es kam aufs gleiche hinaus, denn mit ihnen kamen auch die Kater.

Er ging zu EVGA und kaufte eine Flasche Milch. Auf dem Rückweg fing es zu nieseln an. Sie kommt nicht, dachte er, das ist kein Wetter zum Baden.

Er goß die Milch in die kleine Schüssel und das Kätzchen begann, seinen Hunger zu stillen. Er wurde lustlos und nervös und begann, die Stunden zu zählen. Er fand keine Ruhe, ging hinunter und sah, daß die anderen wach waren. Seine Schwester war von nebenan gekommen und trank Kaffee zusammen mit seiner Mutter und einer Nachbarin.

„Na, du Eremit“, sagte seine Schwester, „komm, trink einen Kaffee mit uns.“

Er nahm eine Zigarette aus ihrer Schachtel und setzte sich.

„Ich bin kein Eremit mehr“ sagte er.

Sie schauten ihn verwundert an.

„Ein Kätzchen" erklärte er. „ich hab' es oben im Zimmer."

„Aha, deswegen waren also die Fische verschwunden ..." warf seine Mutter ein.

„Kleine Kätzchen fressen keinen Fisch", wiederholte er ihre Worte vom vergangenen Abend.

Er stand auf, um sein Badetuch zu holen. Es war noch früh, doch er fühlte sich, als sei die Zeit stillgestanden.

„Ein Kätzchen" hörte er noch seine Schwester sagen, während er das Zimmer verließ.

„Das geht ja noch", sagte seine Mutter, „als er klein war, hatte er einen Igel mitgebracht."

Er stieg wieder die Holztreppe hoch, um seine Badesachen anzuziehen. Das Kätzchen schlief zusammengerollt, ein kleines Knäuel. Er nahm ein Buch und ging hinunter. Der Regen hatte augehört und, trotz der Bewölkung, war es warm. Vielleicht kommt sie, wünschte er sich.

Er nahm den Weg hinunter zum Meer, aber als er dort ankam, überfiel ihn Verzweiflung. Die Felsen und das Meer waren leer. Und als würde das nicht reichen, spürte er irgendwo an seinem Nacken einen Regentropfen, der ihn zum Schaudern brachte. Er breitete sein Badetuch auf denselben kleinen Felsen wie jeden Tag aus, und noch bevor er sich hinsetzte, zündete er sich eine Zigarette an. Mein Gott, mach, daß sie kommt, sprach er wieder seinen Wunsch aus und schaute zum Himmel hoch.

Er blieb da sitzen, rauchte und betrachtete das Meer. Seine Augen begaben sich auf die Reise hinüber nach Palio Faliro und nach und nach erreichten sie Orte, die sie nicht sahen, bis hin zum Kap Sunion. Stundenlang reiste er mit den Augen und den Gedanken hin und her und hatte gar nicht bemerkt, daß die Sonne inzwischen durch die Wolken zum Vorschein kam und daß auch andere Menschen zum Baden gekommen waren; und daß auch sie jetzt den Hang herunterstieg. Als er sie mit dem Augenwinkel wahrnahm, da erst wurde ihm alles bewußt. Sie ist es, die das bewirkt, dachte er bei sich. Sie wird bestimmt befohlen haben, Regen hör auf, und Sonne scheine, und sie folgten ihr sofort. Er spürte eine unvergleichliche Unruhe. Sein Herz pochte wie verrückt in seiner Brust. Sie wird es hören, befürchtete er und legte seine Hand darauf, als sie an ihm vorbeiging. Wieder der Jasminduft, gemischt mit der salzigen Meeresluft.

Wie immer ging sie zu ihrem kleinen Felsen, etwas weiter unten. Sie trug eine Bermuda-Hose mit großen grünen Blüten und ein ärmelloses, grünes, verwaschenes T-Shirt. Sie zog die Kleider bis auf den Badeanzug aus und setzte sich mit dem Rücken zu ihm. Jetzt wird sie sich eine Zigarette anzünden ... Er sah, wie sie sich bemühte, doch das Feuerzeug schien nicht zu funktionieren. Er probierte seins, um sicher zu sein, daß es geht, und war bereit. Jetzt, sagte er zu sich und schaute sich um, ob jemand ihn beobachtete. Etwas weiter sah er ein älteres Pärchen unter einem Sonnenschirm sitzen. Es kam ihm vor, als betrachteten es sie heimlich. Seine Füße waren wie gelähmt. Was zum Teufel wollten sie auf den Felsen, wo sie doch kaum schwimmen können? Warum gehen sie nicht zu einem Strand voller Sand, um sich einzugraben, was auch ihrer Arthritis gut täte? Wo soll ich eine neue Chance herkriegen? fragte er sich.

Er hielt seinen Kopf gesenkt und ärgerte sich in Gedanken weiterhin über seine Nachbarn, und als er ihn wieder hob, wäre er beinahe in Geschrei ausgebrochen. Sie stand über ihm und lächelte:

„Hast du Feuer?"

Er streckte die Hand mit dem Feuerzeug aus. Er probierte es einmal, zweimal, doch es funktionierte nicht. Er vergaß die beiden Nachbarn und begann, das Feuerzeug zu verfluchen. Sie legte ihre Hand auf seine, damit sie nicht zittert, und er wurde völlig wirr, hielt nur das Feuerzeug fest in seinen Fingern. Sie nahm es ihm weg und zündete es an, in dem sie ihren Strohhut als Schutz gegen den Wind hielt. Dann gab sie es ihm zurück:

„Danke."

Er sah sie wieder an ihren Platz zurückkehren und war ganz verzweifelt. Ich hab' s vermasselt, sagte er bei sich. Ich hätte doch etwas sagen müssen, es sollte aussehen, als wäre alles von alleine gekommen. Nun ist es aus ...

Lange Zeit danach, als er sie nach diesem Tag fragte, hatte sie ihm geantwortet, sie wäre beinahe vor Aufregung gestorben und daß sie ihn fast gehaßt habe, denn sie habe geglaubt, sie sei ihm gleichgültig.

Er stand auf, um schwimmen zu gehen, ging sehr nah an ihr vorbei, alles in seinem Kopf war durcheinander. Er tauchte hastig mit dem Kopf ins Meer und schwamm hinaus. Als er müde war, drehte er sich um und schaute zum Strand. Er sah sie gerade eintauchen. Er drehte sich auf den Rücken und ließ seinen Körper locker dahingleiten. Er verlor sich in die Unendlichkeit des Himmels über ihm.

Ein anderer Sommer, viele Jahre zuvor. Er war noch gar nicht zum Militär eingezogen. Sein Vater war noch nicht gestorben. Sie wohnten noch in einer Zwei-Zimmer-Wohnung in Neo Faliro. Seine Schwestern waren noch nicht verheiratet und er spielte Fußball und träumte von Ruhm und Herrlichkeit. Es gab noch das Kafenion unten am Strand, mitten im Sand, mit den Stühlen hier und da verstreut während die Juke-Box mal Kasantsidis mal „A casa d' Irene" spielte. Das Kafenion „Tarantella". Damals war das Wasser im Meer noch sauber, jeden Tag ein Meeresfest mit Sprüngen ins Wasser und Tauchzügen unter den Beinen der Mädchen, und diese taten so, als würden sie sich erschrecken. Protzerei und Spielchen auf dem heißen Sand.

Ein anderer Sommer, einige Jahre zuvor, auf dem heißen Sand in Neo Faliro, vor dem Kafenio „Tarantella“, das Schlendern nachmittags auf der Promenade, frischgewaschen, die verstohlenen Blicke mal dorthin mal hierhin schweifend, und dabei Sonnenblumenkerne und Pistazien kauend – warm und beleuchtet von der Acetylenlampe von Onkel Nikolas, dem Armenier.

Ein anderer Sommer, einige Jahre zuvor, voller Sonne und Licht die Vormittage und voller Jasmin und Geißblatt die Abende, da war noch „Cine-Mamay“ und „Cine-Graeca“, aber auch der Marshallplan, da waren Vorführungen in schwarz-weiß unten an der Promenade, wo uns gezeigt wurde, wie richtig die da oben in Amerika lebten und wie verkehrt wir hier unten. Bis sie uns dann später die Sechste Flotte schickten, um es uns auch zu beweisen, und seitdem bekamen die Sommer ein Aroma von Camel, Chesterfield und Lucky Strike.

Von da an hatte er das Gefühl, daß das Leben langsam den steilen Hang hinaufzog, nicht ruhmreich und triumphierend, zum Himmel empor, sondern einen steilen Anstieg, doch direkt nach unten. Bis heute hat er dieses Gefühl nicht erklären können. Ein steiler Anstieg direkt nach unten. Vielleicht, weil seitdem und für lange Zeit über überhaupt nichts mehr in ihm registriert wurde. Es war nichts Wichtiges passiert, nur trübe Bilder von öffentlichen Toiletten mit aufgegeilten Homosexuellen drumherum auf der Lauer, und Rendezvous mit verschiedenen, unberührten Mädchen mal hinter dem Karaiskaki-Stadion und mal hinter der Fabrik von Papastratos.

Und dabei schwimmt sein Leben wie ein Korken auf der Wasseroberfläche. Auf diese Weise hatten ihn die Wellen irgendwo bei Komotini ausgespuckt, von vier bis sechs Uhr morgens Wache schieben, „die deutsche Nummer" wie die Soldaten es nannten, und ihm war damals nicht die leiseste Ahnung gekommen, daß es vom Schicksal bestimmt war, fast sein ganzes Leben lang die deutsche Nummer zu schieben, auf deutschem Boden, vier bis sechs Uhr morgens, denn er konnte nicht einschlafen, und es sah aus, als hielte er Wache über das, was übriggeblieben war von seinen Träumen, damit ihm nicht auch noch sie weggenommen würden.

Deutschland im Jahre Neunzehnhundertachtzig. Zehn Jahre sind schon vergangen. Golgotha. Keine einzige Menschenstimme auf seiner Spitze. Lediglich besoffenes, nächtliches Geschrei und Hundegebell. Taverne „Sokrates". Taverne „Dionysos". Suvlaki, Gyros, Wahlen in der Griechischen Gemeinde, auch dieses Jahr werden zu Ostern im Kirchhof Lämmer am Spieß gebraten. Am ersten Tisch Platz für den Botschafter, den Militärattaché, den Bischof. Dahinter die übrigen Gläubigen. Weiter hinten einige Deutsche aus der Umgebung, zuschauend und applaudierend, verblüfft über die Pracht Griechenlands: die Mädchen, die in Nationaltrachten tanzen und miteinander deutsch sprechen. Wir alle genießen das griechische Osterfest.

Meine verdrehten Gedärme hole ich aus mir heraus und lasse sie an Deiner strahlenden Sonne trocknen, oh Herr. Wie jedes Jahr werde ich meine übliche Ostersuppe – *die Majiritsa* – zubereiten. Ich nehme Meerwasser und wasche sie erst einmal damit. Ich nehme Regenwasser und spüle sie dann aus. Ich lasse sie gut in meinem Blut kochen. Ehrerbietig stelle ich die Schüssel auf den Tisch. Sie essen gierig. Nehmet und esset, sage ich. Dies ist mein Ende ...

Er hatte sie neben sich eher gespürt als gehört. Als er sich umdrehte, stand sie nur einen Meter von ihm entfernt. Sah ihn an und lächelte. Er hörte nicht auf, sie anzuschauen, und sein Verstand hatte aufgehört zu funktionieren; er begriff, daß sie auf eine Antwort wartete, wußte jedoch nicht, was sie ihn gefragt oder zu ihm gesagt hatte. Er hielt das Gleichgewicht über dem Wasser haltend, und schaute sie an. Ihre Haare, nach hinten gezogen, klebten naß am Hinterkopf, ließen ihre Gesichtskonturen, ihre schwarzmelierten Augen und ihre weißen Zähne deutlich scheinen, während sie ihm zulächelte. Von weitem schienen ihm auch die Felsen, auf denen ihre Kleider abgelegt waren, zuzulächeln.

Würde uns doch ein Strom mitreißen, uns an eine kleine, unbekannte Insel ausspülen ... alle würden uns suchen und es würden Jahre vergehen, bis sie uns fänden...

Er verlor sich in seinen Gedanken und ließ seiner Phantasie freien Lauf, als er diesmal ihre Stimme deutlich fragen hörte, ob er auf dem Weg zum Strand das Kätzchen gesehen habe. Er sagte ihr, das Kätzchen sei in seinem kleinen Zimmer und schliefe. Sie lachte laut und fröhlich auf.

Das einzige, wonach er sich nach so vielen Jahren bei ihr am meisten sehnte, war ihr Lachen und ihre Stimme. Die Jahre, nur so verflogen.

Ohne miteinander zu sprechen, begannen sie nebeneinander in Richtung Felsen zu schwimmen. Zum erstenmal in seinem Leben fühlte er, daß die Welt in Ordnung war. Die Sommersonne in seinem Herzen, Gott über ihm, in ihm. Er sah die beiden Alten unter dem Sonnenschirm und sagte leise „Verzeihung". Seine Seele so weich wie Teig ... *weil uns dieser Sommer beschert wurde. Zu welcher unverhofften Freude, zu welchen Lieben, zu welcher traumhaften Reise?* Die Worte des Dichters verloschen blaß in seinem Kopf, als er ihre Stimme wieder vernahm.

„Komm, wir schwimmen um die Wette“, sagte sie ihm lächelnd, „wer zuerst da ist“.

Sie schwamm los, ohne auf ihn zu warten. Er blickte ihr nach. Schön und schnell schwamm sie. Dann begann auch er große Kraulbewegungen. Sie kamen gleichzeitig an und hielten sich außer Atem am kleinen Felsen fest. Alles Glück der Erde war dort. Der Mittelpunkt der Welt war da. Die ganze Misere seines vorherigen Lebens war auf einmal fort. Die elenden Jahre der Kindheit und die Beleidigungen, die zwei Zimmer und seine vielen Geschwister, alles war jetzt verschwunden und, wie er sich so am kleinen Felsen festhielt mit seiner Hand neben der ihren, fühlte er sich wie Poseidon, auch er ein Gott.

Liebe mich so sehr du kannst
so lange bis du nicht mehr kannst
und darüber hinaus.

Sie verbrachten die restlichen Tage des Sommers miteinander. Kamen als erste zum Schwimmen und gingen als letzte. Stundenlang an der Sonne und im Wasser. Es hatte ihm gefallen, als sie einmal für ihn gesungen hatte. Ihre Stimme war tief und ein wenig rauh. Von ihr hat er die ersten Lieder von Dylan und

Baez gelernt. Und auch Chuliaras' Bearbeitungen traditioneller epirotischer Volkslieder. Gemeinsam sangen sie Lieder von Markopulos' Platte *„To Kafenion, i Ellas"*. Er lebte in einem schönen Traum und hatte Angst aufzuwachen. Sie hatten beide das Buch von Menelaos Ludemis *„Ein Kind zählt die Sterne"* gelesen, und sie hatte die Idee, das Kätzchen Melios zu nennen.

Die Jahre, nur so verflogen. Könnte man doch die Jahre, die tief ins Innere der Erde – tief ins Innere des Meeres – verschwunden sind, mit einem Tau wieder hochziehen, wie man mittags vom Brunnen das Wasser mit dem Eimer hochzieht und trinkt, und der Durst kann nicht gestillt werden, doch man will weitertrinken, immer weiter.

Jener Sommer erlosch, und es kam der Herbst mit den ersten Regentropfen. Sie nahmen jeden Morgen den Bus bis zur U-Bahn-Haltestelle und fuhren dann nach Athen. Seine Fachschule war am Vathis-Platz und ihre am Syntagma. Nach Unterrichtsschluß verabredeten sie sich und tranken Kaffee dort in der Nähe. Ein- zweimal in der Woche fuhren sie in die Plaka, mal zur Boîte „Ledra", wo Xyluris sang und mal zu „Hesperiden", wo Jannis Arjyris auftrat.

Der Winter ging sehr langsam vorbei, und der Sommer ließ sich Zeit. Ihre ersten Badegänge, ihre ersten Sommerküsse, ihre Liebe nach einem Jahr. Gegen Ende des Sommers die ersten Wolken am Himmel, die ersten Wolken in ihnen. Der nächste Frühling – hart und unerbittlich – erreichte ihn allein. April ist der harte Monat.

Guten Morgen Schmerz
werde ich wach, wirst du es auch
und die Einsamkeit und die Bitternis
wachen mit uns auf.

Die Hölle muß genau unter dem Paradies liegen. Denn er war senkrecht dort hineingefallen. Er blieb den ganzen Tag in seinem Zimmer und schaute auf einen Punkt an der Wand. Viele Tage vergingen so. Seine Mutter und seine Schwestern waren erschrokken. Sie versuchten mit ihm zu sprechen. Er hörte nichts mehr.

Jedesmal, wenn er auszugehen versuchte, wußte er nicht, wohin. Der Geschmack des Frühlings bewirkte bei ihm einen so unsagbaren Kummer, daß er sich wieder einschloß.

Viele Nächte vergingen und andere kamen. Ganze Vormittage und Nachmittage. Stunden, unendlich und qualvoll, in denen er einmal das Kätzchen vor sich her anstarrte, ohne es zu sehen, und einmal die Wand gegenüber; wie auf einer Kinoleinwand liefen vor seinen Augen, durcheinander und zerstreut, nicht endenwollende Bilder ab.

An den „Abstieg“ von Piräus zum Dorf konnte er sich überhaupt nicht erinnern, er muß sehr klein gewesen sein. Umgekehrt wußte er noch viele Einzelheiten des „Aufstiegs“ nach Piräus, wieder mit einem kleinen Schiff, das einmal im Monat verkehrte. Es hieß „Avra“ und es erinnerte alles andere an Brise, so dunkel und unfreundlich wie es war; trotzdem dachte er mit einer gewissen Sehnsucht daran, und einmal vor vielen Jahren, als er es draußen an Land in Perama sah, die Segel eingeholt, da kamen ihm fast die Tränen. Er hatte mit der Hand dessen Kiel berührt, der voll versteinerter Miesmuscheln und getrockneter Algen war – und in diesem Augenblick glich seine Seele dem sonntäglichen „Kyrie eleison“, so unschuldig und rein wie an jenem Tagesanbruch, als er zum ersten Mal den Hafen von Piräus erblickt hatte.

Seine Mutter und seine Geschwister, wie immer umhüllt von Mänteln und Jacken, schliefen den Schlaf des Gerechten auf den Stühlen des kleinen Saals. Sein Vater rauchte und schaute weit weg auf Dinge, die nur er sah. Zwei Tage und zwei Nächte hatten sie auf dem Schiff verbracht. Dies war die letzte Nacht. „Im Morgengrauen sind wir da“, hatte ihm seine Mutter gesagt, und nun brach der Tag an.

Er schaute hinüber zu seiner Mutter. Auch auf dem Stuhl versuchte sie, so wenig Platz wie nur möglich einzunehmen. Ihr Kopf war zur rechten Schulter geneigt und ihre Hand lag auf dem dicken Bauch, schützend auf das Embryo in ihr. Seine jüngere Schwester, ein kleines Knäuel auf dem Sitz, schlief mit dem Kopf auf den Knien der Mutter. Seine ältere Schwester schlummerte etwas weiter weg. Seine übrigen Geschwister, zwei Schwestern, älter als er und sein zwei Jahre jüngerer Bruder waren schon bei einer früheren Reise in Piräus geblieben.

Er ging hinaus an die frische Luft. So weit das Auge reicht nur Meer, aber etwas ließ ihn spüren, es würde nicht lange dauern, bis sie ans Land kamen. Weit weg, am Rand des Horizonts wurde es schon hell. Einige Wolken, die er mit dem Auge wahrnahm, wurden rosafarben. Dort ist Piräus, sagte er bei sich, ganz sicher. So viele Jahre der Erwartung hatten diesem Augenblick eine Zauberform verliehen. Er wartete darauf, die Stadt eingehüllt in geheimnisvoll schimmerndes Licht zu sehen, wie in manchen Ikonen der Kirche oder wie die Christuskrippe.

Das Schiff glitt ruhig auf dem Wasser. Er beugte sich nach unten und schaute. Der Bug durchzog die Wellen, teilte sie entzwei und schlug sie an der Seite zu Schaum. Dieses Geräusch machte ihn fast schläfrig.

Mani ist meine Heimat zweifelsohne
zerstören kann sie nicht mal 'ne Kanone

Schulausflug. Alle Kinder in zwei Reihen aufgestellt. Der Lehrer mit dem Stock in der Hand. Sie singen ... *Der Mai ist gekommen, los marsch und schnellen Schrittes, lasset uns ihn empfangen, ihr Kinder, auf dem Lande* ... Überall blonde Ähren und dicht belaubte Mandelbäume. Duftendes Basilikum, das bald das Grabgleichnis Christi schmücken wird. Funkelnde Sonne und Meer.

Das Bewußtsein lichterloh wie der Sommer

Dieses zweistöckige Haus am Rand des Strands mit den Kieselsteinen, fünf Meter vom Meer entfernt, das ist mein Haus. Der blinde Alte mit dem weißen Bart, der in der geschützten Ecke an seiner Wasserpfeife zieht, ist mein Großvater. Oberhalb des Hauses befindet sich der kleine Steinofen, und diese gebeugte Alte, die gerade backt, ist meine Großmutter. Das Mädchen mit den Zöpfen ist eine meiner Schwestern. Sie hilft. Das dürre Kind mit dem kahl rasierten Kopf, das vor einer großen, verschlossenen Truhe kniet und mit ganzer Kraft versucht, den Deckel an einer Ecke hochzuheben, seine Hand blindlings hineinzustecken und das herauszunehmen, was es nur kriegt, das bin ich. Die verschlossene Truhe gehört dem verwaisten Cousin, der in Athen Medizin studiert. Als ich später anfing, Geschichten über Piraten und Truhen mit versteckten Schätzen zu lesen, stellte ich mir eine ähnliche Truhe vor. Wie die meines Cousins. Bis oben voll mit Enzyklopädien des Ilios-Verlags, und Zeitschriften wie *Maskes, Mikri Iroes – die kleinen Helden – und Tarzan Gavur*. Ich wußte, daß man mich eines Tages erwischen würde; und wenn nicht auf frischer Tat – wie man so sagt – , dann würde es mein Cousin bestimmt ahnen, wenn er mal ins Dorf käme, denn alle Comics zusammen wurden zu einem Knäuel, wenn ich sie durch dieselbe Öffnung wieder hineinschob. Ich wußte es, doch es kümmerte mich überhaupt nicht, was geschehen würde, wenn dieser Augenblick käme. Immer wenn ich Hand daran legte, lag mein Problem woanders: wie würde ich es anstellen, sie lesen zu können. Eine Möglichkeit es zu tun, ohne gesehen und verpfiffen zu werden, war, abzuwarten, bis es dunkel wurde. Ich schlief im Zimmer neben dem meines Vaters, und da er bis morgens früh wach war, um beim Licht der Petroleumlampe die Abrechnungen des Ladens zu machen, legte ich mich bäuchlings auf den Boden und las im spärlichen Licht, das der Spalt der Zwischentür durchließ. Auf diese Weise habe ich die gesamte *Ilios*-Enzyklopädie, den *Spinnenmensch* und den *Mensch mit den tausend Gesichtern*, den *Falken, Arsin Lupin* und all die anderen gelesen. Eine weitere Möglichkeit zu lesen, war, mich im Abort draußen im Hof einzuschließen. Deswegen ist die ganze Lektüre meiner Kindheit in meiner Erinnerung mit zwei verschiedenen Gerüchen verbunden: des Petroleums und alten Holzes von der Lampe und dem Boden, und des Kalks gemischt mit Urin vom Abort!

Mein Leben im Dorf. Von meinem vierten Lebensjahr an bis zum zehnten. Unauslöschlich tief in mir eingeprägt. Ich erinnere mich an eine Nacht, es war ziemlich spät, als ganz laut an unserer Tür geklopft wurde. Erschrocken wachten wir auf, meine Schwester und ich, unser Vater gab uns ein Zeichen, still zu sein. Das Klopfen und die Stimmen wurden immer lauter. Ich lief zur Tür, um durch das Schlüsselloch zu gucken. Mein Vater schaffte es, mich gerade in dem Moment wegzuschieben, als die anderen mit einem Schuß das Schloß sprengten.

„Pavlakos", murmelte meine Schwester, und ich erstarrte.

Dieser Name war für uns Kinder dem des Teufels gleichgestellt. Bis dahin kannte ich ihn nur vom Hörensagen.

Er war Anführer der Sicherheitsbataillone* in der ganzen Region. Wenn er einen Partisanen erwischte, tötete er ihn auf der Stelle. Er legte niemandem gegenüber Rechenschaft ab. Man erzählte auch, daß er

---

*Tagmata Asfalias: Gegründet 1943 während der deutschen Besatzung Griechenlands. Griechen – Kollaborateure der Deutschen gegen die Widerstandsorganisationen EAM / ELAS.

aus Spaß mit der Pistole auf den Kopf der Leute ziele, die er nicht mochte. Ich hatte mir bis dahin keine großen Sorgen gemacht, weil ich wußte, daß niemand aus unserer Verwandtschaft ein Partisan war. In jener Nacht verfolgte ich das Geschehen sprachlos vor Angst, vom Vater in die Ecke geschoben.

Klein, aber kräftig gebaut, ohne jeglichen Halsansatz, die Patronengürtel überkreuz auf der Brust und um die Taille, die riesige Militärpistole an der einen Seite und die wilden, unrasierten Kameraden mit den Karabinern in den Händen daneben, in diesem Moment dachte ich, er sei eine Kreatur der Nacht und des Schreckens. Sie schubsten meinen Vater herum, brüllten ihn an, nahmen sich Decken, Brot und was sie sonst an Eßbarem fanden gingen wieder, wie sie gekommen waren und ließen die Tür zertrümmert hinter sich, und mein Herz wie verrückt pochend in meiner Brust. Seitdem habe ich ihn nicht wieder gesehen. Noch heute, wenn ich das Wort Sicherheitsbataillon höre, fühle ich mich alles andere als sicher.

Die Sicherheitsbataillone und die engen Verwandten sind seither die beiden gefährlichsten Dinge für mich geblieben. Immer noch habe ich das Bild vor Augen, wie meine Mutter – wieder einmal schwanger mit einem der Kinder – versucht, mit ihren beiden Händen die Hand meines Cousins festzuhalten – nicht des Arztes, sondern seines Bruders –, die eine Pistole gegen meinen Vater gerichtet hielt und ihn erschießen wollte. Der Grund waren irgendwelche Erbschaftsangelegenheiten, bei denen sie alles haben wollten. Damals also nahm uns mein Vater alle miteinander, und wir zogen wieder nach Piräus um. Meine Cousins erhielten, was sie wollten und ließen meinem Vater nur Kleinigkeiten übrig, welche wiederum nach einigen Jahren eine meiner Schwestern bekam, weil sie einen Staatsanwalt geheiratet hatte, der eine Mitgift wollte.

Weit weg von Verwandten und Sicherheitsbataillonen nahm mich das Leben an der Hand, und nachdem es mich eine Zeit lang süß in den Schlaf gewiegt hatte, weckte es mich wie einen Odysseus an einem Ort auf, der nicht Ithaka war und wo keine Penelope auf mich wartete, nicht einmal die mir vertrauten Menschen. Ich blieb dort mit den Kleidern des Bettlers, aber es kam bis heute keine Göttin, um mich wieder zurückzuverwandeln, oder mir meine alte Gestalt wiederzugeben. So bin ich an Penelope vorbeigegangen, und sie erkannte mich nicht, und auch nicht mein Sohn Telemach. Zwanzig Jahre lang lebe ich nun neben ihnen, und sie haben mich immer noch nicht erkannt. Jeder Tag meines Lebens endet seit Jahren schon auf diese Weise, mit demselben unerfüllten Wunsch.

Meine Erinnerungen ans Dorf sind zerstreut und verblaßt, tief in meinem Innern registriert, wie die alten Schwarz-Weiß – Fotografien. Ort und Menschen gleich hart, wenig Worte und noch weniger Zärtlichkeiten, fast nicht existent. Ich denke an meine Oma, die mir jede Nacht bis ich einschlief das gleiche Märchen erzählte, über den bösen Wolf, der seine Pfoten mit weißem Mehl bestäuben ließ und den Geißlein vormachte, er sei ihre Mutter, um sie zu täuschen, damit sie ihm die Tür öffneten. Ich weiß nicht mehr genau, wie das Märchen endet, denn ich schlief immer von ihrem zärtlichen Streicheln auf meinem Rücken ein. Es war die einzige Liebkosung meiner Kinderjahre. Jungen mußten nämlich von klein an Mann sein. Spiele mit Mädchen waren untersagt, ihr ganzer Stolz waren Schleudern und Waffen. Ich bastelte am liebsten Schiffe aus leeren Blechkanistern; brachte Maste und Sicherungsseile ran und betrachtete sie, an einer Schnur gezogen, wie sie im seichten Wasser schwammen. Ich belud sie mit Sand, Kieselsteinen und buntem Seetang, dann entlud ich sie an den natürlichen kleinen Häfen der Felsen und fuhr die Strecke noch einmal, stundenlang, bis eine meiner Schwestern kam, um mich nach Hause zu holen, bevor mein Vater zurückkehrte und mich nicht dort fand. Mein Vater! ... Bei diesem Wort steigt nur Furcht in mir hoch. Bis zu meinem sechzehnten Lebensjahr reichte es, wenn jemand zu mir sagte „Dein Vater“ und ich geriet in Panik. Als ich noch sehr klein war, und meine Großeltern lebten, wagte er es nicht, mich anzufassen. Wenn ich etwas Falsches tat und er mich fassen wollte, lief ich zu meinem Großvater. Dieser hielt den Stock noch fester in der Hand, schaute in die Leere – denn er war ja blind – und rief ihm zu, er solle hingehen, wenn er sich traute. Er hat sich nie getraut.

Zuerst starb meine Großmutter. So ruhig wie sie gelebt hatte. Ich kann mich fast an nichts erinnern. An den Tod meines Großvaters jedoch, einige Jahre später, kann ich mich sehr gut erinnern, denn er hat das ganze Haus und die Nachbarschaft auf den Kopf gestellt. Ich weiß nicht aus welchem Grund, aber er haßte die Popen und ihretwegen ist er nie in die Kirche gegangen. Er hatte meinem Vater aufgetragen, keinen Priester für die Erteilung der letzten Kommunion zu holen, wenn er sterben würde.

„Sonst werde ich dich für immer und ewig verfluchen", hatte er gesagt.

Aber als es soweit war, hat mein Vater anscheinend Gottes Segen bevorzugt, ignorierte den Fluch meines Großvaters und ließ den Priester rufen. Dieser kam in seinem heiligen Priestergewand, und mit dem angezündeten Weihrauchfaß in der Hand wartete er im Nebenzimmer. Als mein Vater merkte, daß Großvater in den letzten Zügen lag, bat er ihn, hineinzugehen. Der Priester begann mit seinem „Gott hab ihn selig, seinen Knecht", da schlug Großvater die Augenlider auf, sah den Priester über sich und zog ihn am Bart. So starb er, am Bart des Priesters festgekrallt, und dieser schrie wie irr vor Schreck, während mein Vater versuchte, ihm den Bart mit einer Schere abzuschneiden, damit er befreit werde ...

Damals verbrachte ich meine Zeit zusammen mit einem Jungen aus unserem Dorf. Er war ein Jahr älter und stärker als ich. Immer wenn wir am Kafenion vorbeigingen, wo unsere Väter saßen – und das geschah sehr oft, da es im Dorf eine einzige Straße gab – provozierten sie einen Streit zwischen uns, um sich daran zu vergnügen. Der Anlaß war sehr einfach. Sie legten zwei Steine auf die Straße und sagten uns, jeder von ihnen sei die Mutter des anderen. Da aber die Mutter dort etwas Heiliges war, reichte es, wenn einer von uns beiden den Mutter-Stein des anderen hob und ihn wegwarf. Meinem Freund, der stärker war, machte es nichts aus, es zu tun, und ich mußte mich mit ihm streiten. Anfangs, wenn er mich auf den Boden warf und mir mit einem Griff den Hals zudrückte und ich nicht mehr atmen konnte, sagte ich „ich ergebe mich“ und er ließ mich los. Doch einmal kam genau in diesem Augenblick mein Vater, hochrot vor Scham, weil sein Sohn wimmerte, und zwischen „Weinst du, du Hurensohn? ... „ und „Hau doch ab...“ bekam ich noch mehr Schläge. Ich habe versucht, meinen Freund zu überzeugen, wir sollten nicht mehr auf der Hauptstraße laufen, sondern einen Bogen darum machen, er aber wollte nicht, denn es gefiel ihm, den Erwachsenen zu zeigen, daß er stärker war. So war ich gezwungen, beim Streit nicht mehr „Ich ergebe mich“ zu sagen, bis die Zusachauer es schließlich satt hatten, daß wir uns lange Zeit auf der Erde wälzten und uns fortjagten. Irgendwann hatte auch mein Freund keine Lust mehr; seitdem machten wir jedesmal einen Bogen um den Platz. Jedenfalls fühle ich heute noch, immer wenn ich an diesen Freund denke, wie mir die Luft im Hals stecken bleibt, als packte mich am Hals eine unsichtbare Hand.

Mit der gleichen Härte, mit der mir mein Vater beibrachte, nicht zu weinen, wenn mich jemand schlägt, hat er mir auch das Schwimmen beigebracht. Ich war sechs oder sieben Jahre, er band ein Seil um meine Taille und nachdem er mich zwei – drei Mal im Kreis drehte, warf er mich, so weit das Seil reichte, von der Mole ins Wasser, zog mich langsam heraus, und ohne sich darum zu kümmern, daß ich weinte und Wasser schluckte, warf er mich sofort wieder hinein. So habe ich schwimmen gelernt.

Trotzdem glaube ich nicht, daß ich ihn sehr stolz machte, denn fortan bis ans Ende unseres gemeinsamen Lebens tat ich immer das Gegenteil von dem, was er wollte. So hörte ich ihn viel später oft zu mir oder zu anderen sagen:

„Man sagt zur Sau, sie soll zum Heu kommen, und sie geht zur Scheiße ...“

Mein Leben im Dorf fing erst an, einen Sinn zu bekommen, als ich im ersten Sommer meine Cousins und Cousine aus Piräus kennenlernte: Jorgos, Nikos, Bebeka und den jüngsten Kostakis, der mit mir gleichalrtig war. Ihnen gehörte das große Haus am Hafenrand, das im Winter verschlossen blieb. Als ich sie zum ersten Mal wie die Delphine schwimmen sah, war ich hin und weg und konnte nicht begreifen, wieso sie viel besser als ich schwimmen konnten, wo doch unser Haus einen Katzensprung vom Meer entfernt war. Damals wußte ich noch nicht, daß sie in der Hafennähe von Piräus, in einem Stadtteil namens Piraiki wohnten, dort oben auf den Felsen - dieselben, die Jahre später für mich eine Zeit lang wie ein Paradiesnest waren!

Diese Sommer mit meinen Cousins und meiner Cousine sind als die besten meiner Kinderjahre in meiner Erinnerung geblieben. Von meinen Vettern habe ich zum ersten Mal von Kino gehört. Abwechselnd erzählten sie mir mittags hintereinander Szene für Szene einen Tarzanfilm. Als ich dann nach einigen Jahren zum erstenmal ins Kino ging – es war der Film „Tarzan, der Herr des Dschungels" mit Jonny Weismüller – stand ich während der Vorführung immer wieder auf und brachte Unruhe ins ganze Kino, indem ich laut jede Szene beschrieb, die ich im voraus schon kannte. Die Leute lachten, doch mich kümmerte es wenig, ich legte meine Hände wie einen Trichter vor den Mund und meine ganze Sorge galt Tarzan, daß ihm nichts passierte. Wenn er in den

Fluß sprang, um Jane zu retten, schrie ich: „Rechts! ... Das Krokodil! ... Paß auf!“ Das Krokodil war noch nicht erschienen, aber ich wußte von meinen Cousins, daß es sich bald auf Tarzan stürzen würde.
Jahre, nur so verflogen, und der Piräushafen schien in meinen Augen nicht mehr wie die Christuskrippe, wie ich glaubte, sondern eher wie die Judenversammlung. Zum erstenmal sah ich so viele Dinge und Menschen zusammen. Es erinnerte mich an die Ameisenhaufen, die ich im Dorf entdeckte. Als ich meinen Fuß auf den Zementvorsprung setzte, fühlte ich mich wie jener Astronaut, der vor vielen Jahren zum ersten Mal seinen Fuß auf den Mond setzte. Klein und groß zugleich. Unerschrocken wie Gott und ängstlich wie ein Spatz. Meine ersten Schritte führten zum kleinen Kiosk. Ich stand verblüfft da und kniete vor den Zeitschriften, die mit Wäscheklammern dort hingen, und weinte und wollte nicht weggehen, während meine Schwester mich fortzog.

Die große Asphaltstraße verursachte in mir noch mehr Schwindel als das Meer vorher.

Ich überspringe den kleinen Stadtteil von Piräus mit den Jahren, die ich zwischen Armut und Fußball auf kleinen unbebauten Grundstücken verbrachte, und halte mich etwas weiter auf bei den ersten Jahren der Pubertät, im Zentrum von Piräus, zwischen dem eigentlichen Hafen und dem Yachthafen von Zea. Jener völlig zufällige Beschluß meines Vaters, in die Afentulistraße umzuziehen, erwies sich als ausschlaggebend für die Entwicklung meiner Persönlichkeit; denn sobald ich aus der Tür trat, hatte ich die Wahl zwischen Passalimani mit den Yachten rechts und dem Hafen mit den Lastkähnen links. Passalimani mit seinen „guten" Leuten, die täglich auf- und abschlenderten, mit den Konditoreien und seinen Kinos eins neben dem anderen reizte mich überhaupt nicht. Nur sehr selten ging ich bis zum „Ruderer"-Club, wo die Ruderboote waren, die ich bewunderte, wie sie da im Widerschein des Wassers den Seeschwalben ähnlich glänzten; oder aber, wenn es Sommer war, ging ich zum Schattenspieler Charidimos; er tränkte schon vorher die Kieselsteine mit Wasser, damit es abkühlte, und drumherum lauter Blumentöpfe mit Jasmin; und dieser Geruch sprach mich viel mehr an als *Alexander der Große und die verfluchte Schlange*.

Links von mir, wenn ich aus der Haustür trat, zwei - drei Straßen weiter, begann die Hafenregion: Kolokotronistraße, Notarastraße, Filonosstraße. Weiter links das Kohleviertel. Das „Elysee"-Kino auf der Filonosstraße und weiter unten, auf der Defteras Merarchias, das andere Kino „To Fos" – Das Licht. Sie begannen mit der Vorstellung morgens um acht Uhr mit zwei-drei Filmen hintereinander. Huren aus der

Gegend und Zuhälter, Kiffer vom Hafen und Schüler aus dem Zweiten Gymnasium in der Nähe, die den Unterricht schwänzten, alles zusammen ein kunterbuntes Durcheinander. Du lieber Gott, war da was los; denn diese beiden Kinos dienten vielen als Schlafstätte oder als Restaurant, da sie Fressalien mitbrachten; andere wiederum versteckten sich vorläufig vor der Polizei. Oftmals sah man in der Dunkelheit jemanden, der mit angezündetem Feuerzeug oder einer Taschenlampe nach jemand anderem suchte. In solchen Situationen rief jemand laut „aufgepaßt!", und alle sahen sich vor. An einem solchen Vormittag, als ich wieder mal die Schule schwänzte, und gerade in dem Augenblick, als Burt Lancaster in seiner besten Szene im „Roten Korsar" zu sehen war, zündete mein Vater sein Feuerzeug direkt vor meiner Nase an. Er schleppte mich hinaus und brachte mich zur nächsten Polizeidienststelle. Er bestand darauf, daß sie mir den Kopf kahl rasierten, damit ich eine Lektion erhielte. Der diensthabende Offizier konnte ihn nur mit Mühe beruhigen, und nachdem ich versprochen hatte, mich von nun an nur meinen Schulaufgaben zu widmen, gelang es mir, meine Haare zu retten, die zum Dank bis heute auf meinem Kopf geblieben sind, vielleicht meine einzigen treuen Freunde!.. Zu jener Zeit war ich wohl um die zwölf dreizehn Jahre alt.

Damals hatten einige Leute in mir zwei Begabungen entdeckt, wie sie meinem Vater sagten. Einer von ihnen war Herr Stelios, der Kafenionbetreiber unserer Nachbarschaft, der in seiner Jugend in einer Mannschaft der Kreisliga gespielt hatte, und, wie die Älteren erzählten, in einem Freundschaftsspiel gegen eine höher eingestufte Mannschaft ein Tor vom Mittelfeld aus durch einen Kopfschuß gegen einen Torwart der Nationalmannschaft erzielt hatte!.. Dieser Herr Stelios war jeden Sonntag Morgen unser regelmäßigster Zuschauer, wenn wir auf der breiten, asphaltierten Straße in der Charilaou Trikupi und vor der Französischen Schule unseren heiligen Kampf gegen eine andere Mannschaft aus den angrenzenden Vierteln austrugen. Dieser also, hielt eines Tages meinen Vater an und begann voller Freude über mein Fußballtalent zu sprechen.

„Er wird ein großartiger Spieler!" sagte er dann zum Schluß.

„Großartiger Halunke, meinst du wohl", unterbrach ihn mein Vater, „genauso wie alle anderen, die sich mit so etwas abgeben!"

Von da an grüßten sie sich nicht mehr, nur einmal, an einem Nachmittag, nahm mich Herr Stelios zu einem Spiel des „Ethnikos" mit. Mein Vater erfuhr erst viel später davon.

Mein zweites Talent glaubte ein Onkel mütterlicherseits entdeckt zu haben. Pensionierter Rechtsanwalt, der bei uns in der Nähe – etwas weiter oben –

wohnte, zusammen mit einem Dienstmädchen, das sich um ihn kümmerte und Meropi hieß.

Immer wenn ich zu ihm ging – und dafür fand ich immer einen Anlaß – fand ich an zweierlei Dingen Gefallen: an seinen schönen, schweren Möbeln und am Rauch seiner Zigarren.

Im Bücherschrank dieses Onkels sah ich zum erstenmal so viele Bücher. Schöne Bücher mit Ledereinband und komischen Titeln. Als ich aber eines Tages eins in die Hand nahm und ein wenig darin las, fand ich es bald langweilig; ich stellte es an seinen Platz zurück. Einmal wagte ich, meinem Onkel gegenüber zu äußern, wie schade es sei, daß diese Bücher von außen so schön und von innen so fade seien ... Er lächelte und erwiderte, ich hätte gar nicht so unrecht, und er würde mir Bücher geben, die innen und außen schön seien!

Das erste Buch, das er mir gab, hatte auf dem Umschlag die Abbildung eines wilden Piraten mit einem Holzbein und einem Papagei auf der Schulter. Es war *Die Schatzinsel*. Ich verschlang es. Es war Sonnatg morgen, als ich damit begann. Als ich dann nachmittags nach Hause kam und meine Mutter fragen hörte, in welchen Schuhen ich denn Fußball gespielt hätte, da ich ja meine Sonntagsschuhe anhatte, da wurde mir bewußt, daß es der erste Sonntag in meinem Leben war, an dem ich nicht Fußball gespielt hatte.

In jenem Jahr ging ich zweimal in der Woche – abgesehen von den Feiertagen – voller Sehnsucht zu meinem Onkel und nahm jedesmal das Buch aus seiner Hand wie die Hostie aus der Hand des Priesters oder wie später den Kuß einer Frau.

Dieser Onkel war es, der zu meinem Vater über meine Liebe zur Literatur sprach, und vielleicht war auch dieser Onkel der Grund dafür, daß unser Vater uns noch einmal packte und nach Neo Faliro brachte.

Zeit meines Lebens ziehe ich um. Zeit meines Lebens nehme ich Abschied von Sachen.

Zeit meines Lebens denke ich an dich ...

Immer wieder kehr zurück, und nimm mich auf,
geliebte Erinnerung, und wir werden in dir sehen –

Deutschland im Jahr Neunzehnhundertachtzig, im Rathaus heiratet ein Paar. Eine schnelle Zeremonie, wenig Gäste. Der Herr mit den blauen Augen flößt Vertrauen ein. Er spricht langsam und ruhig in seiner Sprache. Er erteilt ihnen Ratschläge, und mit einem kurzen, freundlichen Lächeln erklärt er die Vorteile des Zusammenlebens und die Probleme der Ehe. Sanft und sicherlich wohlwollend, schließlich ging es ja nicht um seine Ehe. Der Mann fragte ihn etwas, wahrscheinlich, ob er einverstanden sei, und er nickte „Ja“ mit dem Kopf, denn mit seinen Gedanken war er

ganz woanders, nur seine Augen waren da und starrten ein wenig verwundert in die Leere, so ähnlich wie damals, als er klein war und ihn seine Tante immer fragte:
„Was hast du, mein großer Herr?"

Deutschland im Jahr Neunzehnhundertachtzig, im Rathaus heiratet ein Paar. Eine schnelle Zeremonie, wenig Gäste. Sie haben unterschrieben.

Gott schickte mir im Schlaf seinen Erzengel und fragte mich, ob ich einen Wunsch hätte.

„Mir geht es gut", sagte ich, „ich kann nicht klagen, danke".

„Oh!", sagte der Erzengel, „einen solchen Gefallen kann dir Gott nicht erfüllen!..."

An jenem Tag war er sehr früh aufgestanden. Er legte immer wieder das *„Märchen ohne Titel"* auf den Plattenspieler. *...Also, es war einmal eine Zeit, da hatten wir einen König, ein guter Mensch...* Auf der anderen Seite Lakis Papas mit Lorcas *„Bluthochzeit"*. *...Durch Täler und Berge wanderte er, in den Armen der Mädchen wahre Feste feiernd...* Seine Schwester kam herein, weinend und erschrocken. Sie war doch vorhin erst zu ihrer Arbeit gefahren.

„Es ist etwas passiert", sagte sie weinend, „alle Leute kehren nach Hause zurück... die Straßen gesperrt... Panzer und Soldaten überall!..."

Junta. Wenige Jahre vorher die Zeit von 1-1-4*, auf den Straßen Demonstrationen, Plänkeleien mit der Polizei, Georgios Papandreou auf den Balkonen, die Menge treu an seiner Seite, ganz Griechenland ein Fest. Nacht in Marathon. Feuer und drumherum Tänze und Lieder. Melina, Mikis, bekannte und unbekannte, eine große Menschenmenge, *nur eine einzige Schwalbe, der Frühling, er kostet viel...* Friedensmarsch und sie starteten, ohne Furcht, jung und schön, mit Liedern und Megaphonen, Hand in Hand nebeneinander; so hielt seine Hand die sanfte Hand eines Mädchens mit den blauesten Augen, die er je gesehen hatte – wie er feststellte, als er sie anschaute – und zusammen sangen sie *Unerfüllbare Sonne der Gerechtigkeit...* und kurz bevor sie am Aresfeld angekommen waren, hatte er sie aus den Augen verloren, sah sie nie mehr wieder, denn da war die Hölle los. Die Polizisten fingen an, mit Knüppeln auf sie einzuschlagen, er rutschte aus und fiel auf den Boden, und als er gerade aufstehen wollte – er war kaum auf den Knien – da sah er ihn vor seinen Augen, den dunklen Lauf des Revolvers, und er hörte einen älteren

---

*1-1-4: Artikel 114 der griechischen Verfassung von 1952: „Die Einhaltung dieser Verfassung ist dem Patriotismus der Griechen überlassen". Darauf beriefen sich 1965 Tausende von Griechen und forderten Demokratie bei ihren Demonstrastionen, nachdem der König das Volksvotum und die Grundsätze der Demokratie ignorierend sich offen in die Politik einmischte, und den Staat militarisierte.

Polizisten mit der Mütze in der Hand, verschwitzt und zitternd, keuchend brüllen: „Jetzt erledige ich dich, du Kommunistenschwein!“ Und die Erde hatte aufgehört, sich um sich zu drehen, er befand sich mit einem Mal auf jenem Schulausflug im Dorf, als die ganze Klasse wie aus einem Mund sang: *Der Mai ist gekommen, los marsch und schnellen Schrittes, lasset uns ihn empfangen* ...; er hatte aber nicht mitgesungen, denn um ihn herum war alles so schön und seine Gedanken waren wieder einmal zerstreut, und der Lehrer schlug ihm auf die dünnen Beine, damit er endlich begriffe, daß er mitsingen sollte... „Ich habe mitgesungen“ stotterte er und sah die Augen des Polizisten, wie sie ihn einen Augenblick lang blöd angafften, bevor einige Leute, die um ihr Leben liefen, ihn dort wegzogen; ihn sah er seitdem auch nicht mehr.

Ein Jahr zuvor war sein Vater gestorben. Er konnte nicht mehr miterleben, wie das Militär Griechenland rettete!... Er starb an seinem zweifachen Kummer. Ein Jahr nach der Junta waren sie wieder umgezogen. Diesmal hieß die Gegend Piraiki...

So bleibe uns erhalten, mein herzensgutes Schicksal
zum Seufzer-See verwandelt wurde die Welt nun all

Das Schicksal kommt und nimmt dich bei der Hand... Es nimmt dich und geht mit dir durch Wüsten und Berge. Durch Meere und Flüsse. Wie ein trockenes Blatt im Herbst, das ruhig auf die Erde fällt, oder wie eine leichte Feder, die von den Winden verweht für immer verschwindet. Es nimmt dich und geht mit dir in deine Kindheit zurück, ein kleiner Junge mit der Schleuder in der Hand, auf die kleine Amsel auf dem Ast lauernd; du sendest ihm das kleine Steinchen direkt aufs kleine Herz. Es nimmt dich und es zeigt dir wie eine kleine Amsel stirbt, und du weinst, ohne zu wissen warum. Es erlegt dir auf, nachts die Sterne zu betrachten, während unter ihnen das Meer still funkelt, und du weinst, ohne zu wissen warum. Und dieser Zwang, mit deinen Augen den Grund des Himmels zu erreichen, ist nichts anderes als dein Schicksal, das dich gerade auf das vorbereitete, was dein ganzes Leben lang Freude und Schmerz zugleich war und sein wird...

Tage vergingen und Tage kamen. Jahre, nur so verflogen. Ich behalte die Wärme jener Sommer und den salzigen Geschmack des Meers, unsere Küsse und das Erspähen der Schiffe in der Ferne, und wieder unsere Küsse, bis der Tag in uns zu Ende geht und wir gemeinsam den kleinen Anstieg nehmen. Ich behalte die Worte, die du zu mir sagtest, dein Lächeln, und auch die zwei kleinen Freudentränen – weißt du es noch? Nun nehme ich sie als Reisig und entfache ein kleines, warmes Feuer in mir, um mich zu wärmen, um dich zu wärmen...

Deutschland im Jahr Neunzehnhundertneunzig. Siebzehn Jahre sind schon vergangen! Wie kann man mit gespreizten Beinen das Gleichgewicht auf einem gespannten Seil halten?

Heimat, wo hast du mich hinverschlagen,
ich aber trage keine Schuld!...

Eine Tante von ihm war es, mit einem Schweizer verheiratet, die ihm einmal im Sommer vorschlug, sie in Zürich, wo sie wohnten, zu besuchen.

„Mein Mann hat einen Neffen, der ist Modefotograf. Er hat auch ein eigenes Studio ..." hatte sie ihm gesagt.

Damals war er wie besessen von der Fotografie. Er hatte die Fachschule im dritten Jahr, kurz vor dem Abschluß verlassen, und die magische Welt der Photographie hatte ihn für sich eingenommen. Da war auch noch der Film *„Blow up"*.

Er blieb zwei Jahre dort, erledigte alle Arbeiten in einem Sanatorium oben auf dem Berg und drei Mal in der Woche nahm er den Zug und fuhr hinunter zu jenem Fotografen – den Neffen seiner Tante – um alles zu lernen, was er nur konnte in jenem großen Studio mit den Geräten, die er zum erstenmal sah. Im zweiten Jahr machte er die ganze Laborarbeit allein. Gegen Ende des zweiten Jahres war er ein richtiger

Assistent. Der Neffe schlug ihm vor, das Sanatorium zu verlassen und in die Stadt zu ziehen.

„Ich werde dir richtiges Gehalt zahlen! „ hatte er ihm gesagt.

Es war etwas, womit er gerechnet hatte. Über ein Jahr hatte er in jener Klinik geduldig verbracht. Allein aufwachen, allein einschlafen, einzige Gesellschaft jene Skizze von ihr, die sie selbst gemacht hatte. Er hatte sie eingerahmt und an die Wand gegenüber seinem Kissen aufgehängt. Es war das erste, was er sah, wenn er morgens die Augen aufschlug und das letzte bevor er sie abends zumachte. Am Tag, als ihm der Neffe jenen Vorschlag machte, war er fröhlich zum Berg hinaufgefahren, um seine wenigen Habseligkeiten zusammenzupacken. Er würde einige Tage im Haus seiner Tante wohnen, bis sie ihm ein Zimmer, nahe der Arbeit, besorgen würden.

„Ein Brief“ , sagte sie ihm am nächsten Tag, als sie ihn sah. „Er liegt seit Tagen schon hier“ .

Er war von seinem Freund Nikitas. Er freute sich. Nikitas war ein Freund von ihr aus ihrer Kindheit. Hin und wieder versammelten sich alle in seinem Haus und starteten verschiedene Aktionen. Nikitas war ein Einzelkind und verwöhnt, befand sich immer im Mittelpunkt des Freundeskreises. Er wußte, daß Nikitas seinen Militärdienst leistete. Nun schrieb er ihm, daß er entlassen wurde und daß alles wieder seinem alten Rhythmus nachging und daß er eine neue Freundin hätte, mit der er oft über ihn sprach und daß sie ungeduldig darauf warteten, ihn zu sehen und seine Neuigkeiten zu erfahren. Gegen Ende des Briefes blieb ihm die Luft im Hals stecken als er las, *sie* wäre gestern bei Nikitas gewesen und beide hätten lange Zeit über ihn gesprochen; daß sie *ihn* liebte, hätte sie gesagt, und zwar weinend.

Sein Herz und sein Atem standen fast still. Der ganze Schmerz über jene Trennung war vergessen und die Freude dieses Augenblicks hat er bis heute festgehalten.

Seine Tante fuhr ihn am nächsten Tag zum Flughafen.

Der Neffe wird seitdem bestimmt sagen „Die sind verrückt, diese Griechen". Und nun befand es sich an einem sonnigen Tag in Piräus unterwegs zur Wohnung seines Freundes. Es war gerade Sommeranfang, und er begann wieder zu leben. Diesmal viel leidenschaftlicher, als wüßte er, daß er mit dem Ende des Sommers sein bisheriges Leben endgültig verabschieden würde. Schwimmen und Spaziergänge abends in Fretyda und am Jachthafen von Zea. Gegen Ende August haben sie einen Ausflug für alle zusammen nach Ia organisiert. In Mylopotamos war der Sand dünn und unendlich, sein Ansatz war direkt vor dem kleinen Hotel von Drakos. Sie haben die zwei Einzelbetten zu einem zusammengerückt, die weißen Laken nicht gewechselt; die Sonne verbrannte ihre Haut.

Hydra, Mykonos, Ia. Nie wieder bin ich dort gewesen. Auf den Felsen von Piraiki werden bestimmt immer noch deine Haarklammern verrostet und zerstreut herumliegen. Vielleicht werden sie irgendwelche Hände anfassen, vorsichtig, um sich nicht zu verletzen, und dann gleichgültig ins Meer werfen, damit der Platz sauber bleibt, ihn für sich vereinnahmen; das Leben geht weiter und führt mich zur Mittagszeit zur kleinen Ouzerie von Dexameni und jemand aus der Clique, den ich zum ersten Mal sah, sagte: „Ich suche derzeit eine neue Wohnung". Da sind wir aufgestanden und gemeinsam durchkämmten wir die Straßen nach einer Wohnung; wir fanden keine, nur ich fand dadurch einen Freund, vielleicht den besten bisher in meinem Leben.

Dädalusstraße, eine kleine Straße am Rande von Plaka. Eine kleine, sehr kleine Bar. Vangelis' Bar. Welcher Künstler, berühmt oder unbekannt ist nicht irgendwann in der Nacht hier vorbeigekommen? Auf dem Klavier zu spielen oder zu singen ... Ich kann mich noch an Elli Paspala erinnern, die gerade frisch aus Amerika gekommen war, noch unbekannt, an Vula Savvidi, an Kilaidonis, an Aleka Mavili, an Georgiou, an Mitsos Efthymiadis, der auswendig Gedichte von Christianopulos oder Kavvadias vortrug, eins hinter dem anderen! Und dann der Schauspieler Ilias Logothetis, der auf seiner Gitarre spielte und dabei in seinem ganz persönlichen Stil Lieder von Attik und

Chäropulos sang, und schließlich Irini Daskalaki mit Interpretationen von alten Rembetika und vergessenen Liedern, die an Smyrna erinnern.

Soll es ihnen allen doch gut gehen, wo immer sie sich nun befinden mögen, und, mein Gott, mach, daß jede Generation ein wenig von dieser Hefe bekommt, damit der Vorteig für den Menschen entsteht, mit dem Herzen als Maßstab, damit viel leichter die unsinnigen und lächerlichen Diktaturen überwunden werden können, aber auch jene schmerzhaften Lieben, die uns des Lachens berauben und es zu einem Seufzer, zur Flucht in die Migration und Fremde umwandeln! ...

Ich muß etwas tun, dachte er und schaute wieder aus dem Fenster. Wenn doch diese Wolken nicht wären, wenn doch die Sonne schiene!

Es war Neunzehnhundertsiebzig, als er zum erstenmal nach Deutschland kam. Eine Reise zum „Auskunftschaften".

„Es ist nett", hatte er zu seinen Freunden gesagt, als er zurückkehrte. Sie hat mir sogar diese Lederjacke geschenkt, die ich anhabe, ihre Wohnung liegt direkt am Fluß, überall grün. Sie hat einen Sohn aus ihrer ersten Ehe und einen kleinen Hund namens Sebastian.

„Was willst du denn in Deutschland?" hatte ihn sein Freund gefragt. „Das ist nichts für dich."

„Es schadet nicht, wenn ich dort eine Tür offen halte" hatte er geantwortet.

Und es blieb dabei für ein – zwei Jahre, und als er gerade dabei war, die Geschichte mit seiner Freundin aus Deutschland mit dem Sohn aus erster Ehe und dem kleinen Hund namens Sebastian zu vergessen, kam sie eines Sommers wieder und erinnerte ihn daran.

Um Neunzehnhundertsiebzig war es, als er zum ersten Mal nach Deutschland kam. Um Neunzehnhundertvierundsiebzig kam er wieder. Ging wieder fort und kam wieder zurück, wie der kleine Fisch, der immer wieder den Köder antippt, dann anbeißt und schließlich gierig verschluckt. Um Neunzehnhundertachtzig heiratete er. Nächsten Monat wechselt auch dieses Jahr. Es wird Neunzehnhundertfünfundneunzig! ...

Was nicht gerade in diesem Augenblick passiert, geschieht mit Sicherheit im Laufe der Jahre. Und die Jahre vergingen, aber sie brachten ihm nicht Viel, sondern nahmen ihm auch das Wenige, was er hatte.

Jetzt schaut er aus dem Fenster auf die Wände gegenüber, die mit Regen benetzt werden, und sie kommen ihm wie riesige Gräber vor, in denen Menschen begraben sind, die noch nicht begriffen haben, daß sie tot sind. Ein Geruch von Konserven und Wurst statt Weihrauch ...

Er begibt sich aus seinem Grab hinaus und schreitet zur Bushaltestelle, in zehn Minuten wird er in der Stadt sein, der Nieselregen stört ihn nicht, mehr stören ihn die Menschen, die an der Haltestelle warten, alte Frauen und Männer, Rentner, die reinen Zombies, und auch manche anderen, etwas jünger, die das Arbeitsamt auch sie zu alten Leuten verwandelte.

In der Stadt scheint alles wie gestern zu sein. Alles wiederholt sich innerhalb der Zeit, fast in der gleichen Frequenz. Nur seine Einsamkeit bleibt nie die gleiche, Tag für Tag nimmt sie zu.

„Hallo, wie geht 's?"

„Gut, und dir?"

„Sehr gut."

Sehr gut der eine, noch schlechter der andere, und die Tage vergehen, und auch die Monate und die Jahre, eins nach dem anderen, und er hinten nach. Alle gemeinsam und jeder für sich.

„Der so und so ist gestorben."

„Ach, ja? Hab ich nicht gewußt?"

„Ich weiß es auch nur vom Hörensagen."

Wie ein Steinchen im See – das Wasser zieht Kreise und dann nichts. Weder Kreise noch Stein.

„Lebst du schon lange hier?"

„Etwa dreißig Jahre."

„Ich bald zwanzig."

Jahre wie beflügelt, und auch seine Schwindel und die Wolken, als würden sie neben ihm auf der Straße gehen oder über seinen Kopf hasten. Deutschland eine Stiefmutter, und er ein nicht angepaßtes Stiefkind in ihren Händen, das sie nicht mehr will, er will sie aber auch nicht ...

„Sprechen deine Kinder griechisch?"

„Ein bißchen. Ihre Mutter ist Deutsche."

Glückliche Kinder. Wenn sie groß sind, werden sie automatisch zwei Sprachen beherrschen, die ihres Vaters aber etwas gebrochen. Macht nichts, man kann nicht alles haben, wir beschweren uns auch nicht, nur das „Ich liebe dich" fehlt uns, unsere Sandkastenfreunde, die Träume ...

Oh Gott, du da oben, erhöre unser Gebet, und schicke uns kurz vor dem Einschlafen ein Lied von Vamvakaris, einen kleinen Schmerz, einen kleinen Kummer, um unser Wissen mit unseren Tränen zu befeuchten ...

Deutschland, du Stiefmutter! Und ich in deinen Händen ein nicht angepaßtes Kind, sag mir, was habe ich nicht alles getan, um bei dir zu bleiben. Du aber wandtest die Augen von jedem meiner guten Vorsätze, von jedem meiner vielen Versuche ab, als gäbe es mich gar nicht.

Weit in der Vergangenheit befindet sich mein Leben, und ich habe es dir gegenüber nie erwähnt, habe mich auch nicht beklagt, außer wenn ich allein war, damit mich keiner hört, mich niemand sieht, damals wischte ich hie und da eine Träne mit dem Ärmel ab, flüsterte einen Namen, bis ich mit der Zeit auch sie durcheinanderbrachte, Namen und Bilder, und ich brachte nur „ach“ und „ach“ heraus, und mein Sohn wollte nicht, daß ich in Anwesenheit seiner Freunde spreche, er schäme sich, sagte er; zwei Kinder habe ich gezeugt, zwei Kinder schenkte ich dir, mein Blut gab ich dir und du: mit den Augen woanders hingerichtet, große Herrin, du mit dem Hinterteil ähnlich dem einer Stute, du mit den Wangen, die Gesundheit ausströmen und Blut, mein Blut. Mutter, Mütterchen, Mama, einen Meter tief unter der Erde jenes Friedhofs *der Auferstehung*, vor dem die Zigeuner die verwelkten gelben Blumen zum Verkauf anpriesen, die ich bei dir niedergelegt habe, bevor ich ging, werde wieder zu Fleisch und Blut, nimm in deiner Brust wieder jenen Geruch von warmer Milch oder frischgebackenem Brot an und schließe mich in deine Arme und laß mich dann deinen Duft in mich hineinziehen, Tag der Auferstehung mit rotgefärbten Eiern, während die kleinen Freunde ungeduldig unter dem Fenster das Erkennungszeichen pfiffen, in der Erkenntnis, daß die Zeit vergeht.

Meine Frau war all die Jahre so gut zu mir. Ihretwegen begann ich, an die Sternzeichen zu glauben. Sie ist Jungfrau und ich Steinbock. Die Horoskope und die Kenner auf diesem Gebiet sagen doch, daß Steinböcke nur zu Jungfrauen passen. Immer wieder, wenn sie sah, daß es mir nicht gut ging, sagte sie: „Fahr doch für ein paar Tage nach Griechenland, es wird dir gut tun.“ Ich fuhr und kam zurück, kam und fuhr wieder, solange bis ich schließlich, wenn ein Bekannter über mich erzählte, ich wäre ein Auslandsgrieche, ich bei mir dachte: Was sagt der Idiot! ... Und so vergingen die Jahre, und ich sah ein, daß das gar nichts bringt und daß am Ende alles, was ich gewonnen hatte, und nicht einmal das ganz klar, der Titel des Auslandsgriechen war!

Ich paßte mich dieser Situation, so gut ich nur konnte und so gut es meine zerknitterte Seele erlaubte, an. Ich lebte die Jahre hier, als hätte sie jemand anders gelebt; nie ist mir etwas übrig geblieben, im Gegenteil, aber ich klage nicht. Ich klage doch. Über die Fransen meiner Trräume, die an bleischweren Wolken hängen. Ich klage doch. Über meine Augen, die deiner entleert sind; über meine tote Mutter. Ich klage doch. Über die aufgezogene Uhr, den Müll draußen vor meiner Tür. Über mein Leben außerhalb von mir...

Eine Art letzter Akt

Es war letztes Jahr, damals als er diese Kinderserie fürs Fernsehen fertigstellte, nichts von großer Bedeutung, das ihn völlig erfüllte, aber sie hatten ihn zu den Dreharbeiten eingeladen. Er ging. Und wohnte eine Woche bei seinem Freund. Exarchia.

„Schau, nicht daß du mir am Abend wieder sagst, du könntest nicht trinken ... Es ist Valentinstag", sagte ihm sein Freund, „die Bars werden voll sein! ..."

Er meinte voll von Frauen. Er nickte gedankenlos mit dem Kopf, er würde gegen zehn von den Dreharbeiten zurückkommen, er wußte ja, wo er ihn finden würde, er begann jede Nacht seine Touren in den Bars der Kallidromiu- oder Mavromichalistraße. Irgendwo würde er ihn treffen. Es war der Abend des Valentinstags, der Abend, an dem er nicht zu den Dreharbeiten gegangen ist, obwohl er sich auf den Weg dorthin gemacht hatte; es war der Abend, an dem sein Freund ihn verloren hatte und suchte, vor allem, weil er statt einer gleich zwei Frauen aufgespürt hatte; es war der Abend, an dem ihn keiner finden würde, denn er hatte sich selbst verloren.

Er hat an der Ampel gestanden und darauf gewartet, daß ein Taxi vorbeifährt. Ecke Charilaou Trikupi und Kallidromiou war um diese Zeit der Teufel los. Er drehte sich um und stieg die Kallidromioustraße hoch. Er ließ die Mavromichali-, dann die Ippokratus-

hinter sich und kam in der Asklipioustraße an. Die Ampel über seinem Kopf wurde rot und die Frau am Steuer des Autos schaute nach oben, um zu sehen, ob es für sie grün wurde. Er schaute nach unten und suchte ein Taxi. Da hörte er seinen Namen, als würden alle Glocken der Welt zusammen das „Christus ist auferstanden" läuten. Der Ton dieser Stimme versetzte ihn zwanzig Jahre zurück. ... Er machte seinen Mund auf, aber es kam kein Ton heraus. Die Ampel wurde grün. Die Autolawine fuhr triumphierend hupend los. Er rief ihren Namen, doch der Lärm verschluckte ihn. Ein Taxi hielt vor ihm an und der Fahrer fragte, wohin er möchte. Als er gerade etwas antworten wollte, sah er sie in seine Richtung kommen. Der Bürgersteig war etwas steil, aber sie schritt mit jenem allzu bekannten und geliebten Gang, als befände sie sich auf einer Ebene. Er vergaß das Taxi und alles, was er wollte und das einzige, was er sich sehnsüchtig wünschte, war, daß ihm etwas zu sagen oder zu tun einfiel ...

Sie kam auf ihn zu und lächelte. Zwanzig Jahre waren seit dem letzten Mal vergangen. Sie wurden von Abgasen umhüllt. So viele Jahre trug er diese Begegnung in sich und hatte sie sich anders vorgestellt, falls es je dazu kommen sollte ... In einem Flugzeug vielleicht, nebeneinander, oder in einem kosmopolitischen Restaurant – denn irgendwann hatte er gehört, daß sie ein entsprechendes Leben führte, was ihr schon immer gefiel, oder so ähnlich – und das war der Grund dafür, daß er nun schon seit Jahren teure Kleidung kaufte, weil er im Hinterkopf immer diese Möglichkeit berücksichtigte.

Er sagte leise ihren Namen. Sie kam näher. Sie sind ineinander übergegangen. Mit ihren Augen sahen sie ihrer beider unendliche Einsamkeit. Da standen sie sich also wieder gegenüber, faßten sich an den Händen und gingen los, ohne zu reden, ohne zu wissen wohin, bis er fragte:

„Hast du Hunger?"

Und wie ein Bild, in das plötzlich Bewegung hineinkommt, gingen sie wieder hinaus in die Welt, die sie umgab, und all die verlorenen Jahre waren nun tatsächlich verloren, und sie betraten eine Taverne in der Mavromichalistraße, sie war in jener Nacht des Heiligen Valentin voll von jungen Paaren, Studenten der Umgebung; sie fanden einen Tisch, den einzig freien, mitten im Saal, und sagten zu allen Speisen ja, die der Ober zum Essen vorschlug, und paßten gar nicht auf, denn sie waren auf sich konzentriert, und sie sagte „Du hast dich nicht sehr verändert, nur ein wenig zugenommen" und er sagte nichts, denn er schaute auf ihre Hände, weil ihre Finger seine auf der Karo-Tischdecke streichelten, und ihm war, als könnte er nicht an dieses vergessene, geliebte Gefühl glauben, deswegen wollte er es immerzu mit den eigenen Augen sehen. Und die Taverne war voll mit jungen

Paaren des Festes der Liebe; und sie beide mittendrin, beachteten nicht einmal den Kellner, der die Speisen nacheinander servierte, dann sie ansah und fragte „Es ist viel zu viel, wer soll das alles essen?“ Sie lachten und standen auf, um zu gehen; vor dem Ausgang befand sich die Kasse und er bezahlte, wie ein sattgewordener Mensch, ließ das Kleingeld liegen. „Sie ist es“, sagte er dem Kassierer erklärend, „wundern Sie sich nicht, es ist Valentinstag“, und sie gingen wieder raus und liefen bis sie sagte „Ich weiß nicht, wo ich das Auto geparkt hab“, und als sie bei ihr zu Hause angekommen waren, sagte er „Erzähl mir jetzt von dir.“

Und es vergingen zwei Wochen und er fuhr fort. Und es vergingen drei Wochen und er kam wieder.

Ihre Wohnung war oben im neunten Stock. Alles wohleingerichtet mit Geschmack, wie man es von einer Absolventin der berühmten Vakalo-Schule erwartete.

Ihre Ehe – sie hatte zwei Jahre nach ihrer Trennung geheiratet – war nach zwei Jahren beendet. Keine Kinder.

„Als würden wir wieder von Anfang an beginnen“, sagte sie ihm eines Tages lachend, während sie planten, im kommenden Sommer die Ferien in Monemvassia zu verbringen.

Am Abend vorher hatten sie mit dem Auto ihre alten Orte besucht. Sie fuhren über die Felsen, wo sie immer schwimmen gegangen waren, und während er sich streckte, um nach unten zu schauen, konzentrierte sie sich auf den Straßenverkehr.

„Da ist auch der kleine Anstieg! Die Straße, die zu unseren Häusern führte, weißt du noch?“ sagte er.

„Ja, hier muß es irgendwo sein“ meinte sie desinteressiert.

Er wollte nicht verstehen. Einsehen, daß sie vergessen hatte. Da sah er die Büsche.

„Halt an“, rief er. „Dort sind auch die Büsche, weißt du noch? Jene Nacht? Das Kätzchen? ...“

Sie tat, was er ihr sagte. Sie hielt am rechten Straßenrand an.

„Das Kätzchen?“ fragte sie. „Welches Kätzchen?“ Sie nahm sich eine Zigarette und bot ihm auch eine an. Er griff zu. Ihre Augen wanderten hinüber zu den fernen Lichtern der Schiffe. Seine waren hinunter auf die Felsen gerichtet, er versuchte in der Dunkelheit den Felsen zu erspähen, von dem aus sie ins Meer sprangen. In seinem Innern dieses bekannte Gefühl der Traurigkeit, wie der Kopf eines Hausenfisches, der gerade zum Vorschein kommt.

„Hast du vergessen?“ fragte er. „Jene Nacht, in der wir zum ersten Mal miteinander gesprochen haben?“

Sie seufzte.

„Wie kannst du dich bloß an all das erinnern? So viele Jahre sind vergangen. Doch an das Kätzchen erinnere ich mich jetzt ... Warte mal, wie hatten wir es genannt ... wie war nur der Name ... Warte, der fällt mir schon ein ..."

„Melios" kam er ihr zuvor" wir hatten es Melios genannt ..."

„Ja, stimmt", sagte sie. „Was hast du nur für ein Gedächtnis ..."

Der Hausenfisch lief jetzt in seinem Magen frei herum.

„Und du", fragte er leise, „hast du kein Gedächtnis?"

Sie wurde ernst.

„Das Leben geht weiter. Wenn jemand die Wohnung und das Viertel wechselt, nimmt er nicht mehr den gleichen Bus."

Er schaute in die Leere.

„Ich habe nicht das Viertel gewechselt", sagte er leise, „auch nicht die Wohnung, egal wo ich war. Seit damals, bis heute noch, habe ich immer den gleichen Bus genommen und bin an derselben Haltestelle ausgestiegen, wenn ich dich sehen wollte."

„Komm jetzt", lachte sie zufrieden, „bring nicht Traum und Realität durcheinander."

„Traum", sagte er, „der Traum ist nicht ausgeträumt, wenn du noch nicht wach bist."

„Aber, was erzählst du da?" sagte sie lachend und lehnte sich an seine Schulter. „Komm, lach ein bißchen, für Morgen habe ich meine Freundin Efi eingeladen, von der ich dir erzählt habe, wir gehen in die

Bar einer anderen Freundin, wo es gute Musik gibt, es wird dir bestimmt gefallen ..."

Der Hausenfisch biß ihn nun in den Magen mit der Kunst der zwanzigjährigen Erfahrung. Bekanntes Ziehen in ihm hier und da, und plötzlich sah er das Gesicht einer anderen Frau, die ihn durch die Frontscheibe eines Autos anschaute. Als würde er darauf warten, als hätte er es heimlich herbeigerufen, gab er ihr zu verstehen, sie solle die Beifahrertür öffnen. Sie setzte sich rein, dicht neben ihn. Er streckte seinen rechten, freien Arm aus und umarmte ihre Schulter, der Hausenfisch biß ihn ein letztes Mal und zog sich in sein Schlupfloch zurück. Ihre Haare waren naß, ihre Kleidung dick und unbeachtlich, ihre Wangen und ihre Hände kalt.

„Seit vier Uhr in der Früh bin ich heute auf", hörte er ihre Stimme in einer anderen Sprache sagen. „Ich bin zum Wochenmarkt gegangen mit diesen Parfüms, die du aus Griechenland mitgebracht hast. Es war sehr kalt, aber schlimmer noch, ich habe nichts verkauft."

Wenn sein Körper jetzt eine Waage wäre und die zwanzigjährige Realität auf seinen Füßen läge, während die Jahre der Träume auf der anderen Seite ruhten, dann wäre sein Kopf mit Sicherheit gegen das Autodach gestoßen.

„Laß uns zurückkehren", sagte er heiser.

Sie schmiß die Zigarette aus dem Fenster und startete den Motor. Ihm kam es vor, als würden mit dieser Bewegung die Büsche in Brand gesteckt, in denen sie das Kätzchen gefunden hatten, als würden die Felsen brennen, auf denen sie sich vor zwanzig Jahren sonnten ...

„Laß uns wegfahren", sagte er wieder leise, „wir verbrennen sonst ..."

Neunte Etage. Eine Wohnung mit viel Geschmack eingerichtet. Die Frau hält die Tür halbgeöffnet. Sie schaut auf den Mann, der den Aufzugknopf drückt. Der Mann geht hinein und schließt langsam die Tür, während er woanders hinsieht, er fährt hinunter. Ihm kam es vor, als hätte er sie zwanzig Jahre lang offen gelassen.

Möge mein Schlaf doch
tief sein
daß ich nicht aufwache
und du verschwunden bist.

Und er wachte auf. Und seine Augen blickten umher und er schaute und wunderte sich, denn alles war fremd. Er sah und erschrak, denn alles war feindlich. Und wie eine kleine Maus, die verjagt wird, in Panik gerät und nicht weiß, wohin sie schlüpfen kann, um sich zu retten, so gab er sich einen Ruck und schlüpfte in seinen letzten Traum, in den letzten Riß seines Lebens.

Im wachen Zustand träumte er wieder von jenem weißen Haus am Meer. Er sah sich selbst auf dem Sand laufen und seine Kinder im Wasser um ihn herum plantschen. Morgens und abends von der Sonnenterrasse und den Fenstern aus aufs blaue Meer blicken. Seine Frau, die ihn wieder wie früher ansah. Im wachen Zustand tauchte er in seinen Traum und rollte sich wie das Embryo im Bauch seiner Mutter, tauchte wieder raus und umarmte seine Frau.

„Wir werden dorthin fahren“, sagte er fröhlich zu ihr, „du wirst dort glücklich sein ... du wirst sehen.“

Sie schüttelte mit dem Kopf.

„Ich muß noch die Küche aufräumen“, sagte sie.

Petros Kyrimis wurde in Athen geboren. Dort studierte er Fernsehregie und Fotografie. Heute lebt er in Bonn und Düsseldorf, wo er Programmleiter des griechischen Radiosenders *To Proto* ist.
In Griechenland arbeitete er u. a. als Produktionsleiter in der Plattenfirma *Intersound,* bei der Zeitung *Eleftheros Typos* und im Radiosender *Star*.
Er begann sehr früh mit dem Schreiben, zunächst Liedertexte und Gedichte und später Erzählungen und Kindertheaterstücke. Daneben hat er auch Drehbücher für Kino- und Fernsehfilme verfaßt, mit denen er dem breiten griechischen Publikum bekannt wurde.
Seine Erzählungen und Gedichte wurden in verschiedenen Literaturzeitschriften veröffentlicht. Einige wurden ins Deutsche übersetzt und sind in Anthologien enthalten: *Der Trödler oder der Weg nach Deutschland* in: N. Eideneier (Hrsg.), *Dimitrakis '86 ... um eine Heimat bittend*. Köln, Romiosini 1985. *Erzengel aus Trikkala* in: N. Eideneier (Hrsg.), *... die Visionen deiner Liebeslust*. Köln, Romiosini, 1995. *Die Listen* in: C. Gianacacos/St. Gerogiorgakis (Hrsg.), *Deutschland, deine Griechen....* Köln, Romiosini 1998.

Seine Novelle *Das Herz der Amsel* erschien in Griechenland 1997 im Kastaniotis Verlag und verzeichnete großen Erfolg.
Demnächst erscheint in Griechenland sein Kinderbuch *Wahlen in der Wolkenstadt* begleitet mit einer Lieder - CD in der Vertonung von Jannis Suganelis, sowie sein Roman *Herr der Seufzer*.